문지스펙트럼

지식의 초점

6-004

Le Roman Policier

추리소설

이브 뢰테르
김경현 옮김

문학과지성사

지식의 초점 기획위원

정문길 / 권오룡 / 주일우

문지스펙트럼 6-004

추리소설

지은이 / 이브 뢰테르
펴낸이 / 채호기
펴낸곳 / 문학과지성사

등록 / 1993년 12월 16일 등록 제10-918호
주소 / 서울 마포구 서교동 363-12호 무원빌딩 4층 (121-210)
전화 / 편집부 338)7224~5 팩스 / 323)4180
영업부 338)7222~3 팩스 / 338)7221
인터넷 / www.moonji.com

제1판 제1쇄 / 2000년 4월 17일

값 5,000원
ISBN 89-320-1156-7
ISBN 89-320-0851-5(세트)

© 1997 by Editions NATHAN, Paris
Titre de l'édition originale: Le Roman policier
publiée par Editions NATHAN, Paris

추리소설

책머리에

프랑스 문화부의 한 조사(『프랑스인들의 문화 생활에 관한 새로운 조사──1989년편』, 프랑스 국립자료원, 1990)에 따르면, 15세 이상 프랑스인들의 52% 이상이 추리(혹은 탐정)소설 책들을 가지고 있다. 18%의 프랑스인들에게 추리소설은 가장 많이 읽히는 문학 장르이며, 9% 사람들에게는 선호되는 장르였다. 이 조사는 물론 독자층의 관점에서 추리 장르를 조망해본 것이다.

추리 장르는 이제 그것이 처해 있던 반(半)격리 상태에서 벗어났다. 그 역사와 다양성 그리고 복잡성을 통해 더 잘 알려진 이 장르는 더 이상 30~40년 전과 같이 신랄한 배척의 대상이 아니다. 추리 장르를 주제로 하는 비평 연구들, 학회들 그리고 논문들이 이 장르를 인정받게 하는 데 많은 기여를 했다. 더구나 영화 분야에서는, 지금은 이미 유명해진 영화들을 제작하기 위해, 그 추리 작품들을 각색해 많은 시나리오들을 만들어냈었다. 사립 탐정들, 악당들 그리고 요부들은 그때부터 우리의 신화에 속하게 된 것이다.

　이러한 이유들과 또 많은 다른 이유들 때문에 우리는 추리소설에 대한 한 권의 개설서가 불필요하지는 않을 것이라는 생각을 했다. 그래서 3장, 4장, 5장에서 다루어진 미스터리, 범죄 그리고 서스펜스라는 추리 장르 내에 있는 세 가지 주요한 흐름들의 형식과 주제들에 대해 중점을 두기로 했다. 그럼에도 불구하고 우선 그것들이 자취를 남긴 역사를 통해 그 흐름을 조망하는 것이 필요했다. 따라서 1장은 추리 장르의 기원과 점진적인 출현 과정을 소개하고, 2장에서는 추리소설사에서 중요하게 취급되는 커다란 사건들에 대해 언급하고자 한다. 그러나 그것은 위험스러운 작업이다. 왜냐하면 첫째, 우리가 시대 구분의 모든 시도와 관련된 자의적인 '연대(年代)의 단절'을 피할 수 없기 때문이고, 둘째, (프랑스적인 것이 곧 국제적인 것이라고 할지라도) 우리가 프랑스적인 관점, 말하자면 프랑스에서 특히 번역 작품들을 통해 추리소설사가 소개되고 해석되는 과정에 초점을 맞추었기 때문이며, 셋째, 전문가들은 어느 작가 한 명, 어느 작품 하나가 잊혀진 것에 대해 항상 비난할 수 있는 구실을 찾아낼 것이고, 초심자들은 정보의 홍수 속에서 다소간 헤어나지 못할 위험성을 지닐 것이기 때문이다. 그렇다고 할지라도 우리는 추리 장르의 탄생과 발전 과정을 밝혀줄 수 있는 최소한의 역사적인 좌표들과 몇 가지 요소들을 전문가들이 발견해낼 것이라고 기대하고 있다. 마지막 장은 추리소설과 문학을 이어주는 복잡하고 복합적인 관계와 관련된 사항들을 고찰하는 기회를 제공한다. 끝으로 추천 참고 서적 목록이 프랑스어로 된 주요 작품들과 논문들에 대한 정보를 알려줄 것이다.

차례

제1장
추리 장르의 기원

전문가들은 추리소설이라는 장르에 지대한 영향을 준 몇 개의 뛰어난 작품들이 어떤 것이냐에 대해 일반적으로 동의하고 있다. 우리는 본 장에서 추리소설의 태동에 대해 자세히 설명하기에 앞서 이 고전적인 작품들에 대해 간략히 언급하려고 한다.

프랑스에서 1846년부터 번역되기 시작한 추리소설은 사실상 1855년 보들레르가 재번역하기도 한, 이제는 고전이 되어버린, 에드거 앨런 포의 『모르그 가(街)에서의 이중 살인』(1841), 『마리 로제의 미스터리』(1843), 그리고 『도난당한 편지』(1845)라는 세 편의 소설들과 더불어 탄생한다.

이후 1850~1860년대 폴 페발Paul Féval의 비서였던 에밀 가보리오Émile Gaboriau(1832~1873)가 연재물과 사건 조사물을 대중지라는 한 공간에서 결합시킨다. '법정소설'의 형식은 『르루주 사건』에 의해 시작되었으며, 곧 이어 『113번 서류철』(1867), 『오르시발의 범죄』(1867), 『르 코크 씨』(1869),

『목에 걸린 밧줄』(1873) 등의 여러 작품들이 뒤를 잇는다. 전체적인 구조는 아직 연재소설의 영향하에 머무르고 있음에도 불구하고 사건 조사의 중요성, 직업 탐정(예를 들어 전과자였던 르 코크 씨), 설명되지 않는 미스터리 범죄, 추리와 심리적 동일시에 대한 의미 부여와 같이 추리소설에 다양하고 고유한 요소들이 나타나기 시작한다. 그러한 변화는 윌리엄 윌키 콜린스 William Wilkie Collins(1824~1889)와 더불어 영국에서도 동일한 과정을 밟는다. 그는 『흰옷을 입은 부인』(1859~1860)과 『월석(月石)』(1868)을 찰스 디킨스가 운영하고 있던 『All the Year Around』지에서 펴내는데, 찰스 디킨스의 작품인 『올리버 트위스트』(1837) 혹은 『바너비 러지』(1839~1841) 같은 소설들도 범죄라는 주제와 사회 최하층 인물들의 세계를 반영하고 있다.

1880년대에 셜록 홈스 Sherlock Holmes(그리고 항상 그를 따라다니는 왓슨 Watson)라는 인물은 아서 코난 도일 경 Arthur Conan Doyle(1859~1930)에 의해 만들어졌다. 『적자 상태의 한 연구』(1887)에서 『셜록 홈스가 남긴 자료들』(1927)에 이르기까지 이 인물은 너무나도 엄청난 성공을 거두었기 때문에 『마지막 문제』라는 작품에서 모리아티 Moriarty 교수가 셜록 홈스를 폭포 아래 바닥으로 던져버리기까지 했음에도 불구하고 코난 도일은 그 인물과 결별할 수 없었다. 매우 격렬한 대중들의 항의 속에서 작가는 다시 그 인물을 부활시킬 수밖에 없었던 것이다.

20세기초 네 명의 작가들이 자신들의 작품들을 통해 ——장 폴 콜랭Jean-Paul Colin이 탁월한 연구 작업을 통해 프랑스 고전 추리소설이라고 이름을 붙인—— 한 흐름을 형성한다. 가스통 르루Gaston Leroux(1868~1927)는 20세기초 특히 『황색 방의 미스터리』(1907~1908)와 『상복을 입은 부인의 향수』(1914)에서 룰르타비유Rouletabille라는 인물을 등장시켜 반향을 일으킨다. 이 인물은 자신의 과거를 추적해가면서 자신의 정체성을 찾으려 하는 한 젊은 신문 기자이다. 이러한 작품들과 더불어 밀실에서 발생한 범행이라는 소재들과, 범죄 행위를 저지른 경찰이 자신의 지나간 인생 여정을 회상하는 소재들이 자리를 잡는다(경찰서장인 프레데릭 라르상Frédéric Larsan은 룰르타비유의 아버지로서 도적 발메예르Ballmeyer로 밝혀지게 된다).

한편 모리스 르블랑Maurice Leblanc(1864~1941)은 아르센 뤼팽Arsène Lupin을 상상해낸다. 개인주의적이고 매력적인 신사임과 동시에 도적이며, 미망인들과 고아들의 보호자인 댄디풍의 이 인물은 부정하게 축재한 재산을 훔치기 위해 경찰과 다른 도적들을 비웃으며 따돌리는 변장의 천재이다. 이 인물은 1905년부터 1939년에 걸쳐 60여 회 이상의 모험담에서 주인공으로 등장한다.

피에르 수베스트르Pierre Souvestre(1874~1914)와 마르셀

알랭 Marcel Allain(1885~1965) 또한 끊임없이 모습을 바꾸는 악의 천사인 '판토마스Fantomas'라는 인물을 만들어냈다. 연재소설에서 중요한 요소인 선과 악의 흑백론적인 대립을 한층 더 강조했던 이 모험담들은 2주일 만에 씌어졌다. 이야기의 골자 구성에 3일, 구술에 3일 그리고 나머지 10일 동안은 재독과 교정에 할애되었다고 한다.

따라서 우리는 이러한 매우 도식적인 개괄을 통해서, 추리소설은 실로 반세기에 걸쳐서 프랑스, 영국 그리고 미국에서 탄생했다고 말할 수 있다. 그리고 장 클로드 바레유 Jean-Claude Vareille의 다음과 같은 견해에 따르면 이 분야에서 에드거 앨런 포의 창시자적 역할은 누차 강조해도 지나침이 없는 것이다.

이 장르를 창시한 포의 천재성은 말하자면 있는 그대로의 추론, 즉 연역과 귀납의 연속은 그 추론 자체만이 극적인 관심을 지니고 있으며, 그 추론 자체만이 내용의 전개에 있어 핵심이 될 수 있다는 것을 감지했었던 데 있다. 〔……〕 병행된 미스터리와 그 해결은 바로 연재적인 요소를 내포하고 있으며, 미스터리가 서서히 해결되어나가는 과정과 그에 따른 점진적인 해체는 소설적인 요소이다.

(「추리소설의 선사 시대」, 『로망티슴 Romantisme』 n° 53, 1986년 삼사분기, p. 31)

그렇지만 이러한 몇 가지 예들이 추리 장르의 역사를 명확히하기 위해 불가피하게 제기되는 다음과 같은 두 가지 질문을 회피할 수는 없다. 추리소설에 대해 어떠한 정의를 부여할 것인가? 그것은 즉흥적인 한 세대에 속하는 사항인가 아니면 한 장르에도 그 장르의 역사가 성립되기 이전의 상태인 일종의 '선사 시대'라는 것이 존재하는 것일까?

I. 추리 장르의 정의를 위한 요소들

추리소설은 법적으로 비난받을 만한(혹은 비난받아야만 할 것 같은) 중대한 범죄에 초점을 맞춘다는 것에 의해 특징지어진다. 그 관건은 경우에 따라서 누가 어떻게 범죄를 저질렀는가를 알아내고(미스터리소설) 그 범죄에 대해 종말을 가져오고 / 오거나 그 범죄자를 물리치며(범죄소설) 그 범죄 행위로 인한 위험한 상황을 피하는 데(서스펜스소설) 있다.

따라서 추리 장르의 대표적 형식이라고 할 수 있는 미스터리소설에 있어 그 틀은 법률·수사적인 성격을 띠게 되는데, 구체적으로 말하자면 사건의 외부에 있는 사건 조사자, 이중적이며 역진적인 구조(사건 조사는 범죄 사건이 발생한 이후에 시작되지만 사건 발생 이후 범죄 행위 이전의 상황을 재구성한다), 해석적 코드에 부여되는 근본적인 지위(미스터리, 비밀, 부분적 해결, 단서, 속임수, 애매함 등을 통해 문제는 제기되지만 그 해결에는 시간을 요한다), 비밀의 일반화(모든 인물들은 무엇인가 감추는 것이 있다), 모든 사람들에 대한 의혹, 진실과 겉으로 보이는 것 사이의 대립 등과 같이 구조상의 몇 가지 결정적인 요소들을 지닌다. 미스터리소설은 범죄의 이야기를 탄생케 하는 사건 수사에 중심적인 지위를 부여함으로써 이루어지는 것이다.

그러나 하나의 장르는 자신이 존재하고 있다는 것을 의식할 때 비로소 진정으로 존재한다. 이 존재 의식은 추리소설의 특정한 요소들이 반복됨으로써 드러나는 텍스트 상호성의 부여, (예를 들어 밀실이라는 소재를 둘러싼) 각종 변형들, 다른 작품들에 대한 암시, 패러디, 모방 등과 같이 텍스트와 관련된 것일 수 있다. 이러한 모든 것들은 20세기 초반부터 형성되며, 이 문제와 관련해서는 나중에 언급할 기회가 있을 것이다. 이 의식은 또한 사회적인 성격을 지니게 되는데 출판인, 비평가 그리고 독자들에 의해 다른 장르들과는 다른 자율적인 것으로 인식되게끔 하는 작품의 생산과 수용 방식, 그리고 장르에 대한 지칭과 코드화를 내포한다.

이러한 상황은 '추리소설'과 '탐정소설'이라는 용어가 예를 들어 『르루주 사건』을 위해 덴투Dentu라는 출판사가 착안한 '법정소설'과 같은 다른 용어들로 대체되어가는 19세기의 마지막 20년 동안 형성되어진다. 언론은 윌키 콜린스가 1860년에 쓴 『흰옷을 입은 부인』에 대해 이야기하기 시작하며, 1880~1890년 사이에는 추리 장르의 독자성을 인정하는 최초의 비평 기사들이 등장한다. 게다가 1883년 안나 카트린느 그린 Anna Katherine Green은 처음으로 『X. Y. Z.』라는 그녀의 소설들 중 한 작품에 『탐정 이야기』라는 부제를 부여한다. 그리고 우리 아이젠츠바이크 Uri Eisenzweig(『불가능한 이야기』, 1986)에 따르면, 1895년에는 최초의 영국판 추리소설 선집이 등장한다. 추리 장르에 대한 이러한 인식은 이어서 프랑스, 영국, 미국에서 심화되어가며, 제1차 세계 대전 후에는 장르의 코드화가 확산된다(1928년 반 다인 Van Dine의 법칙을 그 예로 들 수 있다).

II. 추리 장르의 원천에 얽힌 문제들

추리 장르가 독자성을 갖게 되는 현상은 하나의 역사를 가정한다. 어떤 자들은 그 독자성의 기반을 증명하기 위해 가끔 매우 오래된 원천들을 끌어들였다. 따라서 그들은 성경의 일부 구절(예를 들어 다니엘이 벨 신의 사제들을 폭로할 때), 소포클레스의 『외디푸스 왕』(여기에서 주인공은 실제로 미스터리를 해결하는데, 그는 자기 어머니와 잠을 자고 조사 끝에 그의 아버지를 죽인 자는 다름아닌 바로 자기 자신이었다는 것을 발견하게 된다), 셰익스피어의 『햄릿』, 1747년에 씌어진 볼테르의 『자디그』(자디그 Zadig가 오로지 흔적들에만 의거해서 왕비의 암캐와 왕의 말을 정확하게 묘사하는 제3장을 근거로) 그리고 또한 발자크 Balzac의 『불가사의한 사건』(1841)과 『코르넬리우스 박사』(1832)를 인용했다. 사실 이 마지막 두 작품에서 추리소설적인 요소는 아직 태동 단계에 머무르고 있었다.

소설 『코르넬리우스 박사』에서 귀족 출신 젊은이인 조르주 데투트빌 Georges d'Estouteville은 질투심이 매우 강한 푸아티에의 에마르 Aymar 백작과 결혼한 루이 11세의 한 딸을 사랑하게 되는데, 왕의 재무관인 코르넬리우스 Cornélius에 의해, 자신의 귀중품들을 앗아갔다고 부당하게 의심을 받는다. 루이 11세는 여흥삼아, 그리고 자신의 딸을 돕기 위해 코르넬리우스의 집을 '둘러싸고' 그곳에 밀가루를 뿌리면서 자신이 직접 조사를 진행하게 된다. 이튿날 발견된 발자국의 흔적은 코르넬리우스의 것으로 판명된다. 그는 자기의 재산에 너무 몰두한 나머지 자신도 모르는 사이에 자기 것을 훔치게 되는데, 그 이유는 바로 그가 몽유병을 앓고 있었기 때문이라는 것이었다. 코르넬리우스가 찾고자 했던 돈은 결국 발견되지 않았으며, 그가 자살하게 된다는 줄거리는 주목할 만하다. 그러나(최소한의) '사건 조사'에 할당된 구절은 매우 제한적인 것이었다.

『불가사의한 사건』이라는 소설에서 추리적인 구조에 더욱더 큰 영향을 미친 것은 대중소설의 구조이다. 이 작품은 푸셰의 깡패 경찰인 코랑탱 Corentin이, 자신을 못살게 굴고 귀족들을 숨기는 데 성공한 생 시뉴 Cinq-Cygne 백작부인에게 복수하기 위해 계획하는, 정치적이며 경찰적인 음모에 대한 이야기이다. 경찰은 상원의원 한 명을 납치하며, 귀족들과 그들의 땅을 간직하고 있었던 미슈Michu가 범인들이라고 믿게끔 한다. 모든 상황의 내용은 결론에서 설명되며 사건 조사는 존재하지도 않는다.

따라서 추리 장르의 원천에 대한 연구는 어떠한 사실에 근거하기보다는 위대한 선조들의 작품들을 동원해서 이 장르를 더욱더 부각시키고자 하는 의지에 더 많이 근거하는 것으로 여겨진다. 그것은 연관성이 없으며, 간혹 순수한 측면에서의 추리적인 차원을 분별하지 못하고, 다른 구조들에서도 작용하는 매우 일반적인 (외디푸스 왕을 보라) 요소들을 내세우고 있는 것이다. 그렇다고 해서 이 같은 주장들이 추리 장르에는 특별한 구성 요소들(인물, 동기 등)이 존재한다는 것 또는 추리소설에는 어떠한 요소들이 특정한 형식으로 구성되고 이용되는 것을 귀납적으로 알리는 사항들이 존재한다는 것을 밝히고자 하는 우리의 의도와 배치되는 것은 전혀 아니다.

이제 우리는 추리 장르가 최소한 프랑스에서 어떻게 생겨나게 되었는지를 좀더 자세하게 설명해야 할 필요가 있다.

III. 추리 장르의 사회 · 문학적 기원들

추리소설은 아마 중요한 사회적 · 문화적 변화들에 의해 간접적으로 생겨났을 것이다. 사회는 산업화되어가고, 산업화된 도시와 도시 근교는 도처에 깔린 빈곤과 범죄 행위에 대한 매우 강한 우려를 지니며 한창 팽창하고 있는 중이었는데, 경찰은 조직을 재정비하고, 그들의 사건 수사 방식을 새로이하는 한편 이 상황에서의 범죄 사건들은 동시에 대중들에게 보다 큰 관심을 불러일으켰다.

우리는 이러한 맥락에서 『대도시의 위험한 인구 계층들』(1840)이라는 프레지에 Frégier의 작품을 언급할 수 있는데, 이것은 어떻게 보면 매춘 혹은 범죄 행위에 대한 본격적인 사회 조사와도 같은 것이었다. 다양한 형무소 제도들에 대한 논의를 제공하고 많은 유행가들과 애가들을 만들어냈으며, 이와 함께 본격적인 범죄 시평(『파리의 미스터리들』『상복(喪服)』 등)이라 할 수 있는 사건 사고 기사와 연재소설을 게재하는 대중지에 대한 관심이 고조되고 경찰 고위 간부들의 회고록과 회상록들이 증가했는데, 그 중에서 가장 알려진 것은 1828~1829년에 발행된 비도크의 『회상록』이었다. 많은 작가들이 자기 작품들의 소재로 삼게 될 『법정 신문』이 1825년에 창간되었다는 것도 기억할 만한 사항이다.

문맹 퇴치의 진전, 독자들의 다양화 그리고 대중지의 발달은 더욱더 이러한 시대 정신에 참여하여 범죄에 관심을 가지는 독자층의 형성에 일조하게 된다. 1836년부터 에밀 드 지라르댕 Emile de Girardin은 『라 프레스 La Presse』지를 발간하기 시작하고, 아르망 뒤타크Armand Dutacq는 『르 시에클 *Le Siècle*』지를 창간하게 되는데, 이 신문들은 연재소설에 의존한다. 대중지의 본격적인 도약은 은행가인 모이즈 미요 Moïse Millaud에 의해 창간된, 선혈이 낭자한 사건 사고와 대형 중죄 재판들을 광범위하게 소개하는 『르 프티 주르날 *Le Petit Journal*』지와 더불어 1863년 2월에 시작된다. 리즈 크펠레크Lise Queffélec(『19세기 프랑스 연재소설』, 1989)에 따르면, 대중지는 1875년부터 1914년까지 그 팽창을 지속시켜나간다. 파리에는 평균적으로 50~70개의 일간지들과 550만의 독자들이 있었으며, 신문은 시골까지 파고들었다. 1876년에 창간된 『르 프티 파리지앵 *Le Petit Parisien*』지의 경우 1914년에 이르러서는 160만의 독자를 확보하고 있었다. 지속적인 양상으로 이 신문들은 연재소설과 사건 사고 기사에 많은 비중을 두었다.

이와 더불어 이성적이고 과학적인 사고가 발달한다. 카를로 진즈버그Carlo Ginzburg(『신화, 상징들, 흔적들. 형태론과 역사』, 플라마리옹, 1989) 같은 사학자는 19세기 후반기에 상이한 학문 분야들에서 그 개념이 정립되는 '흔적' 또는 단서의 패러다임을 언급하고 있는데, 모렐리Morelli의 미술사, 프로이트의 심리 분석 그리고 코난 도일의 추리소설이 그런 예들이다. 이러한 모든 분야에서 사람들은 표면상으로는 부수적인 디테일과 보잘것없는 작은 사실들로부터 동일시 identification

의 과정이라는 공통의 요소를 추출해낸다.

자크 뒤부아Jacques Dubois(『추리소설 또는 근대성』, 1992)가 지적한 것처럼 은밀하고 개인적인 생활에 대해 지니는 관심의 증대와 1860년부터 진행된 사진 기술의 발달 같은 매우 다양한 현상들에 대해서도 각별한 관심을 기울여야 할 것이다.

또한 문학적인 차원에서 사람들은 추리소설의 독립에 영향을 행사할 수 있었던 다른 장르들을 찾아보기도 했다. 그리하여 행상들이 판매하는 대중 문학류의 기사도 이야기(모험, 기사소설, 악당들의 이야기 등), 영국의 고딕소설 그리고 소름끼치는 범죄소설과 18세기와 19세기 무렵 영국과 프랑스에서 유행한 법정 시평들, 악당들의 소설적 전기, 은퇴한 경찰 간부의 회고록, 멜로드라마 등이 언급되기도 했다. 이 모든 것들은 알맞은 토양이 존재했었다는 것을 보여주기는 하지만 그럼에도 불구하고 특히 소설의 구조라는 관점에서 본다면 추리소설과는 여전히 상당한 거리가 있는 상황이었다.

오히려 리즈 크펠레크와 장 클로드 바레유의 권유대로 프랑스에서 연재소설로부터 추리소설이 어떻게 태동하게 되는지를 정확하게 알아보는 것이 더 나을 것으로 보인다.

IV. 연재소설에서 추리소설로

1) 연재소설

연재소설의 초기 단계(1836~1866)는 오히려 소설적인 경향을 띤다. 이러한 유의 소설은 『라 프레스』 『르 시에클』 같은 일간지들과 깊은 관련을 맺고 있었으며, 발자크, 쉬, 술리에 그리고 뒤마 등 이렇게 네 명이 대단한 유명세를 떨쳤는데, 1842~1843년 『논단 신문 Le Journal des débats』에 연재된 외젠 쉬 Eugène Sue의 『파리의 미스터리들』, 1844~1845년 『르 콩스티튀시오넬 Le Constitutionnel』에 연재된 쉬의 『방황하는 유대인』, 또한 1843~1844년 알렉상드르 뒤마 Alexandre Dumas의 『삼총사』와 『몽테크리스토 백작』, 폴 페발의 『런던의 미스터리들』과 프레데릭 술리에 F. Soulié의 『악마의 회고록』 같은 작품들은 커다란 성공을 거두었다. 또한 변형된 모습으로, 나중에 추리소설의 특정한 경향 속에 스며들게 될, 다음과 같은 각종 요소들이 나타나게 된다: 파리의 '아파치' 같은 인물들, 하층민, 역사적이며 비판적인 현실 참여, 무대 감각, 효과(극적인 사건, 서스펜스, 예상을 뒤집는 반전 등)의 모색, 동기들(복수, 정체 밝히기 등), 고도의 현실 감각과 사건 사고와의 연관 그리고 더불어 기술(記述)의 신속성. 뒤마의 『파리의 모히칸족들』(1854~1857)은 비밀경찰들, 경찰과 깡패들과의 관계 그리고 음모를 작품에 등장시켰다.

이 작품들 외에도 페니모 쿠퍼Fenimore Cooper(『모히칸족의 최후』, 1826), 가브리엘 페리 Gabriel Ferry(『인디언 코스탈』, 1852;『덫사냥꾼』, 1853) 그리고 추리소설의 핵심적 모티프인 단서, 흔적, 함정을 통한 추적과 특히 사건 조사자를 추적자로 설정하는 모델을 제공했던 귀스타브 에마르Gustave Aimard(『아르칸사스의 모피 사냥꾼들』, 1858;『흐르는 물』, 1861~1862;『꿀벌 사냥꾼들』, 1863~1864)의 영향을 받은 이국적인 분위기를 갖춘 소설의 등장에 주목할 필요가 있다.

2) 추리소설의 등장

1863년부터 대중지는『로캉볼르의 부활』을 성공적으로 소개한 『르 프티 주르날』과 함께 발전한다. 리즈 크펠레크는 1866년부터 1875년 사이 10년 동안에 가장 크게 성공한 두 개의 작품은, 유산 횡령이라는 주제를 강조하며 추리소설에서 중요한 조건 중의 하나인, 자신과 개인적으로 관련이 없는 상황에 구원자로 뛰어드는 주인공 상을 매우 빠르게 확립시킨 『로캉볼르』('끝나지 않는 소설')와 어둠 속에서 활동하는 범죄 조직들, 그리고 신분 바꿔치기와 유산 가로채기의 주제를 등장시킨 폴 페발의『상복』(1863~1875)이라는 것을 분석해냈다.

법정소설은『르루주 사건』과『오르시발의 범죄』를 펴낸 후 1867~1873년『르 프티 주르날』의 대표 연재소설가로 활동하게 되는 에밀 가보리오와 더불어 본격적으로 등장하게 되는데, 특히 그는 나중에 『113번 서류철』 『르 코크 씨』 등의 작품을 펴낸다. 따라서 범인에 대한 사건 수사와 추적을 중심으로 진행되는 법정소설은 모험담을 이야기하는 형식에서 벗어나게 되며, 외젠 샤베트Eugène Chavette, 콩스탕 게루Constant Guéroult, 포르튀네 드 부아고베Fortuné de Boisgobey, 엘리 베르테Elie Berthet 같은 여러 소설가들도 이 장르에서 활동하게 된다.

1875년부터 제1차 세계 대전까지 신문·잡지는 성공적인 연재소설들을 계속 펴내는 대중 출판과 더불어 끊임없이 발전한다. 연재소설은 자비에 드 몽테팽Xavier de Montépin(『빵을 배달하는 여인』, 1884), 쥘 마리Jules Mary(『부끄러운 로저』, 1886~1887), 피에르 드쿠르셀Pierre Decourcelle, 에밀 리슈부르Émile Richebourg, 샤를 메루벨Charles Mérouvel(『정숙하고 퇴색한』, 1889), 또는 조르주 오네Georges Ohnet(『철공소 주인』, 1882)와 같은 작가들을 통해 고정 독자층을 확보한다. 그 소설들에서 희생자는 법원의 실수, 음모, 부당한 불행 그리고 기나긴 희생으로써 자신의 죄를 속죄하는 여인 등의 모티프를 통해서 아주 중요한 위치를 차지한다. 한편 추리소설은 범죄 심리학에 관심을 갖고 경찰에 대항하는 범죄 조직을 등장시키는 범죄소설, 미스터리소설 그리고 희생자의 고통을 축으로 한 법정 실수를 다룬 소설과 더불어 계속해서 자신의 영역을 다져나가며 다양화된다. 여기에서 우리는 아마이 책에서 분류하고 있는 추리소설의 세 가지 하위 장르(범죄소설, 미스터리소설, 서스펜스소설)에 대한 기원을 짐작할수 있을 것이다.

3) 추리소설의 '폭발적'인 발전

1900년부터 '전통적'인 연재소설, 이국풍 소설, 역사소설 등을 비롯해 추리소설의 '폭발적'인 발전이 시작된다. 1902년부터 코난 도일의 번역본들이 프랑스에 선보이기 시작했으며, 1907년부터는 닉 카터 Nick Carter와 냇 핑커튼 Nat Pinkerton이 등장하는 단행본들이 아이쉴러 출판사에 의해 출간된다. 프랑스 작가들도 작품을 내놓기 시작하는데, 가스통 르루 G. Leroux는 1907년부터 1922년까지 『로캉볼르』와 1913년부터 부드러운 심성을 가진 도형수인 『사랑스러운 비비』를, 모리스 르블랑 M. Leblancc은 1904년부터 1939년까지 『아르센 뤼팽』을, 귀스타브 르루주 G. Lerouge는 예를 들어 『코르넬리우스 박사』를 발표하며, 이와 더불어 마르셀 알랭과 피에르 수베스트르는 1909년부터 1914년까지 32권의 『판토마스』를 파야르 출판사에서 펴낸다.

이러한 발전 과정에서 몇 가지 사실들을 눈여겨볼 필요가 있다. 프랑스에서 연재소설로부터 유래된 추리소설은 연재소설로부터 많은 요소들을 변형시켜 차용한다. 예를 들자면

'악행-사죄'의 구조, 죄에 대한 '복수자-정의의 사도'를 대체하는 '탐정-경찰'이라는 주인공, (당대적이며 도시와 최하층들에 연관된) 세상, 특정한 주제들(복수, 정체 밝히기, 권력의 추구, 유산 가로채기 등), 인물들의 시스템(희생자, 침략자, 정의를 구현하는 자들), 전원소설에 기원을 둔 근본적인 모티프 (추적자, 사냥을 뒤쫓고 있는 사냥개의 모티프) 등이 그러한 요소들이다. 그러나 완전하게 독자적인 장르로 서기 위해서 특히 가보리오의 작품들에서부터 추리소설은 다음과 같은 몇 가지의 구성 요소들에 특별한 비중을 두고 재정립된다: 자신이 다루고 있는 사건의 외부에 있는 탐정, 난해한 코드, 이중구조(사건 수사의 진행에 대한 이야기는 범죄 행위와 그에 앞서 일어난 일들에 대한 이야기를 재구성할 수 있게 한다), 범죄 행위에 대한 사건 수사의 우위, 초점 유도(왓슨과 싱클레어 같은 탐정의 동반자 겸 화자는 모든 것을 말하지 않으면서도 독자에게 정보를 제공하는 역할을 수행한다), 효과의 과장 또는 인물 유형들의 과장 같은 모든 지나친 의도들과 더불어 환상적 · 초자연적 · 우발적 · 우연의 일치적인 부분들을 제거하고자 하는, 보다 사실적이며 보다 심리 분석적인 의지 등. 마지막으로 줄거리는 연재소설에서 매우 중요한 요소인 주제 벗어나기와 이러저런 이야기를 늘어놓는 식의 '이야기 서랍장' 서술 방식을 포기하고, 악행-사건 조사-사건 해결이라는 목표를 향해 점진적으로 집약된다. 텍스트적인 관점에서 본다면 제1차 세계 대전 직전부터 추리소설이라는 장르가 본격적으로 프랑스에서 존재하기 시작하는 것이다.

이것은 또한 당시의 문화적 상황에서 본 관점이기도 한데, 이는 여러 가지 이유에 기인한다.

첫번째로 특히 신문에서 아방가르드주의자들과 대중들 사이 그리고 명성을 자랑하는 잡지들(『라 르뷔 블랑슈 *La Revue Blanche*』, 1890년에 창간된 『르 메르퀴르 드 프랑스 *Le Mercure de France*』)과 대중지들 사이의 간격은 더욱더 넓어져간다. 그리고 대중들의 다양화로 인해서 산업 예술, 대중 예술 그리고 엘리트 예술이라는 대립적인 사고가 생겨난다. 따라서 연재소설은 비난을 받게 되고 점점 더 공격의 희생양으로 이용된다.

이러한 배경 속에서 추리소설은 중간적인 위치를 차지하게 된다. 한편으로 추리소설은 자크 뒤부아(『추리소설 또는 근대성』)가 지적한 것처럼 구조의 해체, 과도한 묘사, 무질서한 줄거리 등에 의해 진행되며, 반대로 서술의 건축적인 구조를 강조하고 중심 인물, 사실주의, 이야기의 마무리, 줄거리의 명확함을 기저로 하는 공쿠르 형제(1864년 『르네 모페랭』, 1867년 『마네트 살로몽』, 1869년 『제르베제 부인』)의 예술 소설과 대립한다. 그러나 다른 한편으로 추리소설은 당시 발전하고 있었던 감정소설(델리: 1875~1949)에 대응하는, 인간 소설 또한 연재소설을 패러디하고 인용하며 또 거리를 유지하는 이차적인 소설로서 자신의 모습을 형성시켜나간다.

게다가 추리소설은 신문에서 이전에 연재했던 소설보다 점점 더 많은 분량의 작품들을 소개하는 대중 출판의 증가된 활동에 특히 힘입으면서 (모든 소설의 장르들과 마찬가지로) 신문들에 대해 독립성을 갖게 된다(1905년 파야르 출판사의 '대중도서,' 1909년 타일랑디에 Taillandier의 '국민도서,' 1912년 페렌치 Ferenczy의 '작은 책' 등).

아울러 1910~1915년부터 많은 작가들이 「쥐덱스 Judex」와 같은 성공작을 내놓은 영화에 대해 관심을 갖게 될 것이라는 점을 첨언해야 할 것이다.

V. 앵글로색슨 국가들에서의 발전 과정

앵글로색슨 국가들에서 추리소설은 모험소설(로버트 루이스 티븐슨 Robert Louis Stevenson, 헨리 라이더 해거드 Henry Rider Haggard, 에드거 윌리스 Edgar Wallace, 색스 로머 Sax Rohmer 등)이나 19세기 후반 대중 출판하에서 나온 값싼 낱권 소설들에서도 분리되어 나온다.

'dime novels'(버팔로 빌, 킷 카슨, 냇 핑커튼류의 인물들이 등장하는 값싼 소설들)의 팽창을 기반으로 해서 '몇몇 작가들에 의해 공동으로' 씌어진 『닉 카터』는 상당히 설득력 있는 비정한 hard-boiled 등장인물을 탄생시키는데, 그 여파로 1866년부터는 서부를 배경으로 한 작품들이 그 배경을 도시의 정글로 옮기게 된다.

아서 코난 도일 경은 1887년부터 1927년까지 베이커 가 221B번지에 거주하는 셜록 홈스와 그의 충실한 동반자인 왓슨을 등장시킨다. 미스터리와 지적인 사건 조사 방식에 대한 적용은, 의학 진단에 있어 연역적인 방법론의 옹호자인 에든버러의 조지프 벨 교수 밑에서 과거에 의학 공부를 했던 이 작가와 더불어 확고히 자리잡게 된다. 지식, 관찰, 이성적 사고들이 이제 이러한 종류의 작품들에서 중심적인 위치를 차지하게 될 것이다.

　'생각하는 기계'(『생각하는 기계』, 1907 참조)를 상상해낸 미국 작가 자크 퍼트렐Jacques Futrelle(1875~1912)과 함께 '과학적'인 측면이 발달한다. 그는 다름아닌 철학, 법학, 의학박사이며 대학교수이기도 한 상당히 침울한 성격의 소유자인 아우구스투스 S. F. X. 밴 더센이라는 석학인데, 그가 주장하는 철학은 '논리, 논리, 논리!'였다. 그와 더불어 작가로서 지속적인 인기를 유지하게 되는 작가로는 1907년 첫번째 소설 『피비린내 나는 흔적』을 펴낸 영국 작가 리처드 오스틴 프리먼Richard Austin Freeman(1862~1943)을 들 수 있다. 그는 전설적인 탐정을 내세우는데, 이 인물은 백과사전적인 지식을 지닌 손다이크라는 의사로서 법의학에 대해 강연을 하고, 사람보다는 사실과 사물에 대한 조사를 더 많이 비중을 두며 파이프, 사물함 그리고 눈금이 새겨진 지팡이를 가지고 다닌다.

　또한 사건 수사자들이 아니라 희생자들과 사형 집행인들

(1908년의 『나선형 계단』 그리고 『문』 『미스 핑커튼』 등의 작품을 참고)을 전면에 등장시킨 메리 로버츠 라인하트 Mary Roberts Rinehart(1876~1956)와 같은 작가들에 의해 보다 심리학적인 차원에서의 작업이 진행되었는데, 이러한 점에서 길버트 키스 체스터튼 Gilbert Keith Chesterton(1874~1936)의 경우는 특히 주목할 만하다. 시인이기도 했으며, 게다가 유명한 비평가이기도 했던 이 작가는 1901년부터 추리소설에 대한 논문들을 발표한다. 그는 1910년부터 성직자의 신분으로 사건을 조사하는 브라운 신부라는 인물을 만들어내는데, 이 인물은 1934년까지 50개가 넘는 소설의 주인공으로 등장하게 된다. 우스꽝스러운 우산을 가지고 다니는 이 신부는 성사(聖事)와 고백을 통해 인간적인 계략을 구사하는 것을 알고 있었다. 셜록 홈스 또는 손다이크의 방법과는 거리가 먼 그의 사건 조사 방법은 인간 영혼에 대한 인식을 기초로 하고 있다. 그 방법은 살인자의 심리 상태를 살인자의 입장에서 이해하고, 그와 동일시되려는 노력을 하는 것으로 이루어진다.

따라서 우리는 1850년부터 제1차 세계 대전 사이에 추리소설의 모든 구성 요소들이 형성되었다고 말할 수 있다. 이제 바야흐로 새로운 장르의 역사가 시작될 수 있었던 것이다.

제2장
추리소설 약사(略史)

I. 양차 세계 대전을 통한 추리 장르의 성립

두 차례에 걸친 세계 대전 사이에 추리소설은 팽창됨과 동시에 다양하게 발전한다. 독자들에게 소개되는 양은 증가하고 비평적인 사고는 발달한다. 예를 들어 프랑스에서는 레지 메사크Régis Messac가 1929년『'탐정 노벨'과 과학적 사고의 영향』, 프랑수아 포스카François Fosca는 1937년『추리소설의 역사와 기술』을 저술한다. 또한 1927년 알베르 피가스Albert Pigasse에 의한 '가면 Le Masque' 그리고 1929년 알렉상드르 랄리Alexandre Ralli에 의한 '흔적 L'Empreinte'과 같은 대형 총서들이 등장했다. 더불어 '모험소설 대상 Prix du roman d'aventures'이 1930년 알베르 피가스에 의해 제정되었다.

1) 미스터리소설

우리는 이 시대를 시론(試論)들(오스틴 프리먼, 『추리소설의 예술』, 1924)과 미리 정해진 규칙들(반 다인, 『범죄 작품 구성을 위한 20가지 규칙들』, 1928)에 따라 코드화되어가는 미스터리소설의 '황금 시대'라고 말할 수 있다.

사실 미스터리소설은 제1차 세계 대전 후에 모험소설에서 나타나는 황당함, 이국주의 그리고 초인들에 대한 반작용으로 애거사 크리스티 Agatha Christie, 도로시 세이어스 Dorothy Sayers, 나이오 마시 Ngaio Marsh, 존 딕슨 카 John Dickson Carr 등과 같은 작가들 덕분에 형성되는데, 그들 중에 많은 여성 지식인들이 있다는 것은 중요한 의미를 지닌다. 이러한 사실은 아마 문화적으로 보다 세련되고 학식이 있는 주인공들, 보다 탄탄한 구조를 가진 줄거리들, 언급되는 범죄 행위와 시체 출현의 보다 적은 빈도(미스터리의 상황 설정은 도서관에서 발견된 시체 하나로 충분하다), 암시적인 유머 그리고 유희적인 차원과 같은 요소들을 설명할 수 있을 것이다. 지적인 게임이 독자의 명석함을 자극하는데, 이것은 사건을 해결해야 할 '문제소설'들이 등장하게 만든다.

이러한 관점에서 비평가인 르로이 래드 파넥 Leroy Lad Panek(『영국식 미스터리』, 1979)은 게임이라는 것이 영국과 미국에 있어 제1·2차 세계 대전 사이에 위치한 이 시대의 정신에 영향을 미쳤다고 강조한다. 게임에 대한 600개의 작품들이 미국에서 출판되었으며 마작, 낱말 맞추기, 브리지, 복권, 모노폴리, 미니 골프가 등장해서 발달한다. 미스터리의 요소를 지닌 거의 모든 소설들은 장기, 테니스, 카드놀이, 골프 혹은 크리켓 게임의 일부분을 내용에 등장시킨다. 살인 파티는 소설가들이 즐겨 이용하는 게임인데, 다양한 소설들이 씌어질 수 있는 구실을 제공한다. 이러한 이야기들은 작가와 독자간의 대결을 형성시키는 매체로서 지도와 카드를 포함한다. 이에 대해 르로이 래드 파넥(앞의 책, p. 28)은 다음과 같이 적고 있다:

하나의 미스터리에 직면해서 게임을 하는 자는 퍼즐의 경우에는 한 개의 그림, 낱말 맞추기 게임에서는 단어의 정의, 수학적인 문제에 있어서는 합계 혹은 결과같이 결국 애초에 있었던 것을 재구성해야만 한다. 〔……〕 모든 게임들과 마찬가지로 이러한 모든 활동들은 고유한 특성들을 가지고 있다. 즉, 그들은 해답을 요구하고, 문제를 구성하고 있는 모든 요소들이 알려져야만 하며, 오로지 한 개의 해답만이 존재한다는 것이다. 결국 미스터리는 해결되기 위해 만들어지는 것이다.

이러한 배경하에서 어떤 출판사는 독자들에게 사건 수사 자료들(심문 조서, 사진, 각종 단서 등)을 첨부한 서류철을 제공하기까지 하는데, 해답은 작품(1937년 데니스 휘틀리 Dennis Wheatley의 『프랑티스 사건』 참조)의 마지막 부분에 있는 봉투에 밀봉되어 있었다.

미스터리소설의 선구자는 아마도 1914년 『맨더슨 사건』을 펴낸 벤틀리 E. C. Bentley일 것이다. 또한 미스터리소설을 상징하는 가장 알려진 작가는 애거사 크리스티(1890~1976)로서 이 여류 작가는 1920년부터 1940년까지(그리고 제2차 세계대전 이후에도 계속) 25개 이상의 추리소설을 썼으며, 첫 작품인 『미스터리한 스타일 사건』(1920)을 비롯해 서술자를 범인으로 만듦으로써 전통적인 추리소설의 틀을 과감하게 깨버린 『로저 애크로이드의 살인』(1926), 『프로테로 사건』(1930), 『오리엔트 특급 열차의 살인』(1933), 『열 개의 인디언 인형들』(1939) 등을 발표한다. 그녀는 두 명의 탐정을 불후의 인물로 만드는데, 하나는 벨기에 난민 출신의 우스꽝스러운 모습을 가졌지만, 보조자인 해스팅스Hastings의 도움을 받으며 그의 '단조로운 뇌조직'을 놀라우리만치 움직이게 하는 허영심에 가득 찬 에르퀼 푸아로Hercule Poirot이고, 또 다른 인물은 『프로테로 사건』부터 등장하는 노처녀인 미스 마플Miss Marple이다. 마찬가지로 도로시 세이어즈(1893~1957)라는 작가도 탐정 역할을 하는 피터 윈제이 경 Lord Peter Winsey (1923년 『피터 경과 미지의 인물』 또는 1928년 『피터 경과 벨로나 클럽』)을 통해서 널리 알려진다. 『다섯 개의 거짓 단서들』(1931)이라는 작품 내용의 절반은 피터 경이 정확한 해답을 제시하기 전에 경찰과 법정에 의해 제시된 해답을 서술하는 데 할당된다. 이러한 맥락에서 명성 있는 많은 작가들로 구성된 '탐정 수사 클럽 Detection Club'의 창시자인 앤소니 버클리 콕스Anthony Berkeley Cox에 대한 언급이 필요할 것이다. 그는 『탐정 클럽』(1927)이라는 소설에서 여섯 명으로 구성된 '탐정 클럽 Detective's Club'을 등장시켰는데, 이 클럽은 스코틀랜드 야드(런던 경찰청: 옮긴이)에 의해 풀리지 않은 사건의 해결책을 찾도록 되어 있다. 여기에서도 마찬가지로 작품 내용의 4분의 3은 클럽의 각 회원들에 의해 제시되는 해결책들에 대한 설명으로 구성되어 있다.

반 다인은 『녹색 살인 사건』(1927)에서 윌리엄 헌팅턴 라이트William Huntington Wright라는 가명으로 독자들이 해결책을 찾기 위해 고려해야 할 97개의 포인트를 제시한다. 그는 『미스터리한 벤슨 사건』(1926)을 통해서 뉴욕 시 검사의 친구인 필로 밴스Philo Vance라는 인물을 만들어냈으며, 가장 의심받을 여지가 없는 인물이 범인이라는 규칙을 확립시킨 것도 11개에 달하는 그의 작품들(『카나리아 새 죽이기』『납치』등)을 통해서였다.

앤소니 버클리 콕스는 프란시스 아일스Francis Iles라는 가명으로 인물들의 심리 상태를 깊숙이 파고들어가는 동시에 서스펜스를 도입한다(1931년의 『공모』와 1932년의 『예모(豫謀)』). 마찬가지로 미국인인 존 딕슨 카(1906~1977)는 걷기 위해서는 지팡이가 필요할 정도로 비대하며 괴상한 수염을 달고 시가를 피우는 지던 펠 Gideon Fell이라는 탐정 인물을 상상해낸다. 『세 개의 관이 다시 닫히리라』(1935) 또는 『중

38

얼거리는 자』(1946)와 같은 소설들은 미스터리와 환상적인 요소를 결합시킨 『화형 재판소』(1937)와 더불어 이 장르에서 고전적인 작품들이다.

아메리카 대륙에서도 역시 자기 두 조카의 가명을 차용하던 엘러리 퀸 Ellery Queen이 한 쌍의 콤비를 만들어낸다. 이 콤비는 뉴욕 경찰의 명성 높은 공무원인 퀸 형사와 그의 아들이며 건장한 추리소설 작가인 엘러리로 이루어지는데, 엘러리는 아버지가 발견한 단서를 가지고 미스터리를 풀어나간다. 1929년부터 1960년대 사이에 엘러리 퀸은 50개가 넘는 작품들을 발표한다. 한편 렉스 스타우트 Rex Stout(1886~1975)는 『난초를 가진 남자』(1939)에서 거만하며 큰 덩치에 탐욕스럽지만 참을성 있으며 면밀한 성격을 지닌, 뉴욕에서 지붕 온실에 기르고 있는 난초과 식물에 홀딱 빠진, 네로 울프 Nero Wolfe라는 인물을 만들어낸다. 그는 자기 대신 이리저리 다니며 사건 조사를 해주는 그의 심부름꾼이자, 전기작가이자, 전투원이자, 보좌관인 아치 굿윈 Archie Goodwin의 도움을 받으며 사건 조사를 진행한다. 1934년에 시작된 네로 울프의 활약은 1960년대까지 계속된다. 미루어 짐작할 수 있듯이 미스터리소설은 이제 영국의 전유물이 아닌 것이다.

2) 미국에서 범죄소설의 시작

이 시기는 또한 미국에서 범죄소설이 비약적으로 발전했

다. 그런데 1915~1920년부터 독자들의 취향은 서부 모험담으로 이루어진 하찮은 소설들 dime novels에서부터 도시의 정글 속에 냉철한 탐정들을 등장시키는 (갱지를 이용해 만든) 싸구려 잡지들 pulps로 옮아간다. 사실 멩켄 H. L. Mencken과 조지 J. 나탄 Georges J. Nathan이 『블랙 마스크 *Black Mask*』라는 전설적인 잡지를 창간한 것은 1920년이며, 1926년부터 1936년까지는 조지프 T. 쇼 Joseph T. Shaw 대령에 의해 운영되었는데, 쇼는 핑커튼 탐정 사무실의 탐정인 콘티넨털 옵 Continental Op과 사설 탐정인 샘 스페이드 Sam Spade라는 인물을 만들어낸 대실 해밋 Dashiell Hammett을 중심으로 추리 소설가의 제1세대를 형성하는 데 일조했다. 이 세대는 도시의 폭발적 확대, 은행의 비약적 발전, 범죄 행위로 얼룩진 위기에 처한 미국에서 신문·잡지와 (1천만 명 이상의 독자들에게 읽히는) 싸구려 삼류 소설들 사이에서 자리를 잡아간다. 1919~1920년에 알코올류의 제조와 소비에 벌금이 부과되고 (알코올 금주법은 밀매업자들 그리고 갱들간의 전쟁으로 인해 시행된다) 1927년 사코 Sacco와 반제티 Vanzetti는 처형되며, 1929년 10월 24일에는 월 스트리트 증권 시장에서 공황이 발생한다. 1930년 엘리엇 네스 Eliott Ness의 '미국연방경찰'은 범죄에 대항하기 위해 소탕 작전에 돌입하게 되며, 보니 Bonnie와 클라이드 Clyde, 베이비 페이스 넬슨 Baby Face Nelson, 마 바커 Ma Barker와 그의 아들들은 공공의 적들이 된다. 1931년 알 카포네는 세금 포탈죄로 유죄 선고를 받고, 1932년 린드버그 아들의 유괴 사건이 발생하며, 1933년에는 금주법의 폐기가 가결된다. 그리고 1936년에는 루키 루치아노 Lucky Luciano가 형을 받는다. 이러한 사건들이 미국의 30 년대를 물들이고 있었던 것이다.

1930년대에 이 작가들은 할리우드 영화 제작자들의 요청으로 시나리오 작가와 각색자의 역할을 맡게 되며, 1940년대에 이르러서는 작품 활동을 멈추거나 추리 영화의 팽창에 따라 영화를 위한 작품 이외에는 다른 작품들을 쓰지 않게 된다.

대실 해밋(1894~1961)은 그들 중에 가장 널리 알려진 작가이다. 그는 선구자인 캐롤 존 댈리 Carroll John Daly에 이어 이 분야에서의 창시자로 여겨지고 있다. 이름 없는 탐정인 콘티넨털 옵과 샘 스페이드를 통해서 그는 비정한 인물의 원형을 다듬어낸다. 사회적으로 현실 참여를 주장한 그는 많은 단편·중편 소설들과 몇 개의 장편소설을 썼는데, 그 중 가장 유명한 것들로는 『붉은 수확』(1929), 『유리 열쇠』『저주받은 피』 그리고 특히 1941년 험프리 보거트를 유명하게 만든 『말타의 매』를 빼놓을 수 없다. 지드는 1943년 3월 16일자로 되어 있는 그의 『일기집』에서 해밋의 대화 기법에 대해 경의를 표하기도 한다.

이와 더불어 몇 명의 다른 작가들에 대해 언급할 필요가 있다. 윌리엄 릴레이 버넷 William Riley Burnett(1899~1982)은

1949년『도시가 잠들 때』(『아스팔트 정글』)로 도시의 신화를 그리고 1929년『어린 케사르』를 통해 악한의 신화를 확립하는데, 이 작품에는 시카고에서 활동하는 한 악당의 흥망성쇠가 그려져 있다. 그외에도 다른 작가들이 있는데, 그 중의 한 사람이『루이 베레티라는 자』(1929)를 펴낸 도널드 헨더슨 클라크 Donald Henderson Clarke(1887~1958)이며, 범죄소설의 또 다른 대가인 호레이스 맥코이 Horace McCoy(1895~1955)는 패배자들 losers의 인상적인 실제 모습을 구성해낸다. 『말들을 잘 죽인다』(1935)라는 작품에서 할리우드의 명성을 믿다가 실의에 빠진 로버트와 글로리아는 수주일 동안 계속되는 마라톤 형식의 춤 경연대회에 참가한다. 마지막 순간에 글로리아는 체력의 소진을 견디다 못해 자신의 남자 친구에게 죽여달라고 부탁한다. 그와 똑같이 알려진 돈 트레이시 Don Tracy(1905~1976)도 가장 추리적인 작가 중의 한 사람이다.『지나간 일』(1937)에서 그는 한 명의 여자와 여러 명의 남자들이 눈에 의해 고립되고 밀폐된 견디기 어려운 상황을 설정한다. 또한『잠자는 짐승』(1937)에서는 인종 차별이 심한 어느 동네에서 한 매춘부가 살해된 사건이 발생한 후 흑인 한 명이 주민들에 의해 폭행당하고 거세당하는 내용을 이야기한다. 제임스 케인 James Cain 역시 패배자들 losers에 대해 관심을 갖는다. 세 개의 다른 버전에 걸쳐 영화로 제작된 그의 걸작은 프랭크 Franck와 노라 Nora의 광적인 사랑이 노라

42

의 남편인 닉 Nick을 죽음으로 몰고 가며, 결국 자신들도 파멸하게 된다는 내용의 『우체부는 벨을 두 번 누른다』(1934)이다.

1890년에서 1905년 사이에 출생한 추리 작가 세대와 더불어 세 명의 작가가 독특한 위치를 차지하고 있다. 첫번째는 호놀룰루 경찰 소속의 찰리 찬 Charlie Chan이라는 형사를 상상해낸 얼 데어 비거스 Earl Derr Biggers(1884~1933)이다. 본래 중국인이며 하인 출신으로 작고 통통한 체구를 가진 이 인물은 색스 로머의 음산한 푸 만추 Fu-Manchu와 대조를 이룬다. 많은 식구들 속에서 성장한 것으로 되어 있는 그는 예의범절, 유머, 인내심, 겸손, 신중함 그리고 완만함과 같은 가치들을 부각시킨다(특히 『중국 앵무새』, 1926; 『커튼의 뒤편』, 1928; 혹은 『구원자 찰리 찬』, 1930 참조). 찰리 찬은 나중에 40편에 달하는 영화에서 주인공으로 등장한다. 두번째는 역시 페어 A. A. Fair라는 가명으로 작품을 쓴 얼 스탠리 가드너 Erle Stanley Gardner(1889~1970)이다. 그는 1933년 『고발당한 변호사』에서 페리 메이슨 Perry Mason이라는 변호사 인물을 상상해낸다. 탐정도 아니고 경찰도 아닌 이 인물은 실제로 자신의 친구인 폴 드레이크 Paul Drake에 의해 운영되고 있는 탐정 사무소의 도움을 받아 법정에서 사건들을 해결한다. 이 '페리 메이슨'의 활동은 1970년대까지 계속된다. 세번째 작가는 자신의 가명으로 리처드 윌슨 웹과 마타 모트 켈리, 그리고 나서 웹과 휴 컬링햄 휠러, 그 이후에는 또 간단하게 휠러 등을 사용했던 패트릭 쿠엔틴Patrick Quentin(Q. 패트릭 또는 조나단 스테이지라고도 함)이다. 이러한 현상은 1930년대부터 1960년대까지 끊임없이 이어지는 한 작품의 생명력을 잘 설명하고 있다. 그 중에서 가장 유명한 시리즈는 '퍼즐'인데, 『미치광이 퍼즐』(1935) 이후부터 연극 제작자인 피터 딜루스Peter Duluth와 은막의 요부인 아이리스 딜루스Iris Duluth 부부가 사건 조사를 이끌어간다.

이렇듯 통념과는 반대로 미스터리소설과 범죄소설은 시간이 흐르면서 나란히 발전했던 것이다.

3) 프랑스-벨기에에서의 발전 과정

프랑스와 벨기에에서도 마찬가지로 추리소설은 매우 역량 있는 작가들과 더불어 발전한다. 1901년생인 클로드 아블린느Claude Aveline는 무척이나 논란을 가져왔던 서문이 실린 『프레데릭 블로의 이중 사망』(1932)을 펴냄으로써 당시에는 비난받던 추리소설로 이적하여 최초로 이름을 떨친 소설가이다.

1930년 제1회 '모험소설 그랑프리'를 받은 피에르 베리Pierre Véry(1900~1960)는 시적이며 초자연적인 요소들의 영향을 받은 소설들(1934년 『산타 클로스의 살인자』, 1935년 『생타질의 실종자들』 등)과 또한 모든 식구들이 '구피'로 시작하는 별명을 가지고 있으며 살인, 도둑질 그리고 조상들이 감춘 재산을 둘러싸고 갈등 · 대립 양상을 보이는, 깊은 시골의 한 가족을 등장시켜 전원을 배경으로 매우 간교한 추리소설인『빨간 손의 구피』(1937)를 쓴다.

한편 피에르 부알로 Pierre Boileau는 『바쿠스의 휴식』 (1938)과『살인자 없는 여섯 개의 범죄』(1939)라는(밀실의 문제들을 다룬) 두 개의 뛰어난 미스터리소설을 발표한다.

벨기에에서는 스티먼 Steeman과 심농 Simenon이라는 두 명의 거장이 떠오른다. 스타니슬라스 앙드레 스티먼 Stanislas André Steeman(1908~1970)은 보다 '고전적'이다. 그는 1931년 『여섯 명의 사망자들』로 '모험소설 그랑프리'를 받기도 했으며, 『살인자는 21번지에 거주한다』(1939), 『정당방위』 (1942년『파리 경찰청』), 『한 강간 사건의 부검』(1964), 혹은 조사자와 범인이 한 명의 동일한 인물로 등장하는 해학적인 소설인『무적의 실러스 로드』와 같은 여러 걸작들을 남긴다. 그는 또한 우아하고 아이러니컬하며 사교적인, 본명이 웬체슬라스 보로베이치크 Wenceslas Vorobeïtchik인 웬스 M. Wens라는 주인공을 만들어낸다.

심농(1903~1989)은 400개의 소설이 7억 부 이상 판매된 다작의 작가로서 대중소설 분야에서 자신의 길을 모색한 후에 쥘 메그레 Jules Maigret 경찰서장(그리고 요리 솜씨가 뛰어난 그의 부인)이라는 인물을 만들어내고, 분위기와 심리 묘사에 역점을 둠으로써 추리소설에서 걸작을 탄생시키는 데 성공한다. 파야르 출판사는 현재는 고전이 되어버린 작품들인 『보잘것없는 라트비아인』『황구(黃狗)』『성 피아크르 사건』『성 폴리앵의 목매어 죽은 자』 등을 포함한 1931년부터 1934년까지의 메그레의 최초 19개 작품들을 출판한다. 1950년 『메그레의 회고록』은 유명한 파이프를 물고 다니는 경찰서장의 전기를 보다 더 훌륭하게 재구성할 수 있는 기회를 제공하게 되는데, 이 인물은 많은 TV 시리즈물을 통해 사람들의 기억 속에 영원히 자리잡게 된다.

II. 전후 시대

1) 미국에서의 범죄소설의 비약적 발전

미국에서의 전후 시대는 '페이퍼백 paperback'이라 불리는 문고판의 도래와 특히 1939년 'Pocket Books' 총서의 등장으로 특징지어지는데, 이 같은 분위기에서 독창적인 추리소설들이 출판될 수 있었던 것이다. 그리고 새로운 잡지 하나가 최고의 지위를 누리고 있었는데, 1953년부터 1967년까지 모든 유명한 2세대 작가들의 작품을 소개했던 『인간 사냥』이 바로 그것이다. 사회적으로 볼 때 경제적 급성장으로 인해 삶의 수준은 향상되고 소비는 증가되었지만 도시 빈민지대 역시 청소년 범죄와 범죄 행위와 더불어 확장되어가고 있었다.

추리소설계에서 한 명의 거장이 작가들의 첫번째 세대에

서 두번째 세대로의 전이를 실행하게 된다. 그는 바로 1939년 『오랜 수면』에서 필립 말로위 Philip Marlowe 탐정이라는, 표면적으로는 경망스럽고 냉소적이지만 실상은 씁쓸한 승리에 대해 관대한 돈 키호테 같은 신화적인 인물을 만들어낸 레이몬드 챈들러 Raymond Chandler(1888~1959)이다. 그의 소설들은 고전(1940년 『안녕 내 사랑』, 1949년 『순진한 척하지 마라』, 1953년 『나바햐 노래에 맞추어』, 1958년 『절망한 자들을 위한 수수께끼』)으로 남아 있다. 그의 시론들(1944년 『살인 예술 또는 최소한의 것』, 1949년 『미스터리소설에 대한 단상』)을 비롯한 서간집은 미스터리소설과 범죄소설을 이해하는 데 있어 핵심적이다.

제2세대에서 미키 스필레인 Mickey Spillane(1918년생)은 작품들의 엄청난 판매량과 많은 번역에도 불구하고 가장 논란의 여지가 많은 인물들 중의 한 사람이다. 사람들은 흔히 그가 지니고 있는 이데올로기, 폭력성, 사디즘 그리고 여성 혐오주의를 비난한다. 사실 그의 작품에 나오는 탐정 마이크 해머 Mike Hammer(『너를 처치하고야 말겠다』『시작하지 말았어야 했다』『안락의자에서』『전속력으로』 등)는 역시 자신이 대적하는 살인자들만큼이나 '냉혹'하고 '상습'적이며 『매혹적인 파티』의 마지막 장면에서 그는 소형 기관총으로 수십 명의 사람들을 죽이게 된다. 이 작가의 또 다른 주인공인 타이거맨 Tigerman으로 말할 것 같으면 반공을 위한 전쟁 기계와 다름없이 그려진다. 그럼에도 불구하고 그의 소설은 이야기의 줄거리상 잘 짜여져 있으며, 이론의 여지없이 추리소설 장르에 속한다.

체스터 하임스Chester Himes(1909~1984)가 가장 유명한 흑인 추리 작가라는 것은 명백하다. 그 줄거리는 할렘에서 진행되며, 작품에 등장하는 두 명의 흑인 형사인 에드 세르퀘이 Ed Cercueil(cercueil는 프랑스어로 '관'이라는 뜻: 옮긴이)와 포수아예르 Fossoyeur(프랑스어로 '무덤 파는 사람'이라는 뜻: 옮긴이)는 암흑가에 대한 완벽한 지식, 불안한 그들의 용모 그리고 항상 법 테두리의 극점에서 이루어지는 매끄럽지 못한 사건 수사 방식으로 특징지어진다. 그들은 흔히 굉장한 '사기꾼들'(『사과 여왕』 또는 『아프리카로의 귀환』 참조)과 대적하게 되지만 어떠한 측면에서 하임스의 모든 소설들은 미국에서의 흑인의 지위와 폭력의 기원(1969년의 『권총을 가진 장님』 참조)에 대한 질문들이기도 하다.

찰스 윌리엄스Charles Williams(1909~1975)는 '침울한'(『언덕의 소녀』 또는 『길 모퉁이에서 자네를 기다리지』 참조) 분위기를 자아내는 작가로서 그의 인물들은 자신들의 감정 때문에 가차없이 비정한 악순환에서 벗어나지 못한다. 그럼에도 불구하고 가장 유명한 그의 소설로는 유머의 걸작이라고 할 수 있는 『시골뜨기들의 시끌벅적한 잔치』(1956)가 꼽히는데, 이 이야기는 세상 돌아가는 모든 것에 대해 아직 이해하지 못하는 일곱 살 된 빌리라는 꼬마가 자기가 본 것을 이야기하는 형식으로 이루어지며, 농촌 지역에서 발생한 사기 사건을 다루고 있다.

데이비드 구디스David Goodis(1917~1967)는 이 세대의 또 다른 매우 '비관적인' 입장의 작가이며, 그의 주인공들은 전형적으로 '패배자'들이다. 소설의 도입 부분에서는 생의 낙오자인 그들이 그러한 상황으로부터 탈출할 수 있는 가능성을 엿보지만 어쩔 수 없이 애초의 상태로 전락하게 된다. 추리 이야기의 극단적인 경우로서 『길목의 노란 머리 아가씨』(1954) 같은 소설은 이러한 시나리오의 전형적인 예다. 그러나 우리는 1946년부터 출판된 이후로 고전이 되어버린 『낙오자들』『도랑 속의 달』『지옥으로의 추락』『13일의 금요일』『돌아올 희망 없이』 같은 모든 그의 소설들을 이 같은 예로 들 수 있을 것이다.

짐 톰프슨Jim Thompson(1910~1977)도 역시 실의에 가득 찬 세계를 구축한다. 1942년부터 펴낸 28개의 소설에서 그는 반(反)영웅들, 부패한 자들, 비겁한 자들, 탐욕스러운 자들 또는 제정신이 아닌 인물들을 등장시킨다. 그의 작품들 중에서 샘 페킨파Sam Peckinpah(『잠복』)에게 영향을 미치게 될 『부부 관계』(1959), 『내 몸 속의 악마』(1952), (조르주 페레크 Georges Perec가 대화를 쓴) 알랭 코르노Alain Corneau의 『범죄 시리즈 Série noire』에 영감을 미치게 될 『나막신과 시궁창』

(1954), 베르트랑 타베르니에Bertrand Tavernier가 나중에 영화(「싸움질」)화할 『1,275개의 영혼들』(1964) 또는 『헬럴리』(1957)들을 꼽을 수 있다.

에반 헌터, 리처드 마스텐 등 다양한 가명으로 작품을 쓴 에드 맥베인 Ed McBain(1926년생)은 이와는 매우 다르다. 에반 헌터 E. Hunter라는 가명으로 『폭력의 씨앗』을 발표하기도 했지만 그는 무엇보다도 '과정적' 소설들로 유명해진다. 그는 맨해튼을 치환한 이졸라 Isola라는 도시를 의인화한 소재와 개인이 아닌 집단적인 주역, 다시 말해 87구역의 경찰서라는 소재를 설정했는데 (이 소설에는 또 다른 주인공 스티브 카렐라, 보좌관 피터 바이른스, 유대 경찰 메이어 메이어, 젊은 버트 클링, 흑인 아서 브라운 등이 등장한다) 독자들은 1956년부터 각 작품에 나타나는 그의 빈틈없이 진행되는 사건 수사 과정들을 들여다볼 수 있다. 경찰 수사반은 사회의 축소판 (일상 생활에서의 경찰들의 모습도 보여진다)을 나타내며, 일상적인 사건 수사가 내용 전반을 지배한다.

도널드 웨스틀레이크 Donald Westlake(1933년생)는 1980년대까지 추리소설 분야에서 상당한 위치를 점하고 있다. 그는 1962년부터 리처드 스타크 Richard Stark라는 가명으로 경찰과 범죄 조직에 동시에 대항하는 고독하고 겁없는 악당인 파커 Parker라는 인물을 상상하기 시작한다(『한 송이 꽃처럼』『상습 갈취』『무료 초상화』 등). 그는 터커 쾨 Tucker Cœ라는 가명으

로 콤플렉스 많고 불행한 탐정인 미치 로빈Mitch Robin이라
는 인물을 만들어내기도 한다. 그러나 웨스틀레이크라는 가
명으로 이루어진 그의 커다란 성공은, 매우 용의주도한 계획
들을 세우지만 결국에 가서는 완전한 성공을 못하게 되는 천
재적이고 치밀한 악당인 도르트문더Dortmunder라는 인물을
통한 유머와 패러디의 도입에 의해서이다(1970년 『불같이 뜨
거운 돌』, 1983년 『그런 일은 내게만 생긴다』 등).

이 작가들과 더불어 다음과 같이 주요한 모티프들과 주제
들을 도입함으로써 추리소설의 비약적인 발전에 기여한 다
수의 다른 작가들에 대해서도 언급해야 할 것이다: 탐정들,
갱들의 삶, 난동, 부패한 경찰들, 형사 소송, 청소년 범죄, 정
치적인 대결, 비정한 악순환 속에 갇힌 '보통' 사람들 등.

2) 프랑스에서의 상황

프랑스에서 전후 시기는 1945년 갈리마르 출판사에서 마
르셀 뒤아멜Marcel Duhamel에 의해 기획된 '범죄 시리즈'의
성공으로 특징지어진다. 그러나 그외에도 모르간Morgan의
'적색 시리즈,' 니콜슨Nicholson과 왓슨의 '런던 탑,' 디티스
Ditis의 '탐정 클럽,' 프레스 드 라 시테 Presses de la Cité의
'미스터리,' 파야르 출판사의 '범죄 모험' 그리고 영원한 '가
면' 등 많은 다른 총서들이 발표된다. 또한 1946년 자크 카티
노 Jacques Catineau에 의해 '파리 경찰청 상' 또는 1947년 모

리스 베르나르 앙드레브Maurice-Bernard Endrèbe에 의해 '추리 문학 그랑프리'와 같은 여러 가지 상들이 전후 직후에 제정되었다. 그리고 『미스터리 매거진』(1948~1976), 『성스러운 탐정 잡지』(1955~1967), 『서스펜스』(1956~1958), 『자정』(1959~1960), 『알프레드 히치코크 매거진』(1961~ 1973) 등 새로운 잡지들도 탄생한다.

역설적이게도 '범죄 시리즈'는 그 '미국적인 이미지'와 더불어 그 상당 부분이 피터 체이네이Peter Cheyney와 제임스 해들리 체이스James Hadley Chase라는 두 명의 영국 작가 덕분에 제작된 것이었다. 피터 체이네이(1896~1951)의 유명한 주인공인 레미 코션은 1936년 『이 인물은 위험하다』에 등장했으며, 이어서 1937년에는 『녹청색의 어린아이』('범죄 시리즈'의 제1권), 『여자들은 개의치 않는다』, 그리고 많은 다른 작품들에서도 활약한다. 호색가인 르뮈엘 H. 코션Lemuel H. Caution은 몸무게가 95킬로 그램이나 되는 FBI 요원인데, 그는 '나'라는 표현을 두루 구사하며 독자들로 하여금 블랙 유머를 감상하도록 유도하고 굉장한 모험담을 이끌어나간다. 가끔 레이몬드 마셜Raymond Marshall이라는 가명을 사용하기도 한 제임스 해들리 체이스(1906~1985)는 1940~1983년 사이에 가장 말 많고 비난받던 작가들 중 한 명이다. 사람들은 그의 다작, 베끼기, 지시적인 차원을 희생시키면서까지 이용한 너무 완벽한 메커니즘을 헐뜯었다. 또한 정육업계 거물의 딸인 블랜디시 양의 납치 그리고 그녀가 마약으로 인해서 괴물 같은 마망 그리송의 아들인 슬림의 병적인 성 행각에 복종하게 되는 상황을 이야기하는 『블랜디시 양에게는 난초를 주지 마라』(1939)와 앙드레 말로 André Malraux가 "『성소(聖所)』, 이 작품은 추리소설에 그리스 비극이 끼여든 것이다"라고 평가했던 포크너 Faulkner의 『성소』 사이에 드러나는 유사성에 대해 많은 논란이 있었다. 그럼에도 불구하고 기술적으로 그의 소설들은 완벽하게 구성되어 있으며, 많은 작품들이 이 분야의 고전(1940년 『열두 명의 중국인들과 한 마리의 쥐』, 1945년 『에바』, 1948년 『1948년생 난초의 살』 등)으로 여겨질 수 있다는 것은 주목할 만한 사실이다.

　　프랑스 작가들도 역시 '범죄 시리즈'에 의해 이름을 날리게 된다. 그것은 피에르 마크 오를랑 Pierre Mac Orlan의 서문과 작품에 사용된 은어를 설명하는 부록을 첨부한 『돈에 손대지 마라!』를 가지고 1953년 자신의 본명으로 이 총서에 작품을 발표할 수 있게 되는 최초의 프랑스 작가인 알베르 시모냉 Albert Simonin(1905~1980)의 경우이다. 그는 자신이 잘 알고 있던 파리의 깡패를 등장시킨다. 그는 계속해서 1954년에는 『얼간이가 다시 시작하다』, 1960년에는 『작은 새들을 위한 별봄맞이꽃』 그리고 1970년부터는 '호투 연작'을 써낸다. 다른 작가들도 이러한 맥락에서 작품들을 발표하는데, 오귀스트 르 브르통 Auguste Le Breton, 호세 조반니 José Giovanni,

피에르 르주 Pierre Lesou, 앙주 바스티아니 Ange Bastiani 또는 알퐁스 부다르 Alphonse Boudard 같은 작가들을 예로 들 수 있다.

한편 장 아밀라 Jean Amila(장 메케르 Jean Meckert)는 1950년 『선한 신이란 없다』를 발표함으로써 '범죄 시리즈'에 진입하고, 1952년에는 『나는 괴물이다』라는 작품을 내놓음으로써 정치적인 차원을 도입한다. 그는 1972년 『반항적인 경찰』에서 긴 머리를 하고, 띠, 평화주의자를 상징하는 휘장을 두르며 가벼운 샌들을 신고 다녔기 때문에 제로니모 Geronimo라는 별명을 얻은, 매우 호기심 많은 사법경찰관 에두아르 마뉴 Édouard Magne라는 인물을 만들어낸다. 사실은 『여명』에서 장 라보르드 Jean Laborde라는 가명으로 법률 시평을 썼던 라프 발레 Raf Vallet(1918년생)는 1972년 국가의 투기 성향을 고발하는 『부패한 자의 죽음』과 1974년에는 정치·검경 세계의 불법적인 요소들에 대한 『잘 가라 경찰놈들아』라는 작품을 발표한다. 프랑스에서도 역시 언론과 연결되어 있는 범죄소설은 정치·사회적인 상황에 대해 민감한 반응을 보인다.

물론 우리는 두 명의 선구자들을 잊어서는 안 된다. 첫번째 선구자는 현재까지도 잊혀지지 않는 유명한 작가인데, 그는 초현실주의자들과 가까운 레오 말레 Léo Malet(1909~1996)로서 1941년 프랭크 하딩 Franck Harding이라는 가명으로 '자

정'총서를 위해 자니 메탈Johnny Metal이라는 인물을 만들어
낸 후 1943년 『가르 가 120번지』라는 작품에서는 네스토르
뷔르마Nestor Burma라는 인물을 등장시킨다. 10년 동안 비중
있는 작품들(『CQFD에 대항하는 네스토르 뷔르마』『인생은 구역
질난다』『태양은 당신들을 위한 것이 아니다』)을 발표한 후 그
는 『파리의 새로운 미스터리』(파리 시내 각구에서 한 개씩의
사건을 해결한다)라는 연작을 시작하는데, 그 중 15개 작품이
1954년부터 1959년 사이에 발표된다. 여비서 엘렌느 샤틀랭
Hélène Châtelain의 도움을 받고 플로리몽 파로 Florimond
Faraux라는 경찰과는 대립적인 관계에 있는 '프랑스적인' 이
탐정은 유명세를 회복하게 되며, 20여 년 전부터 영화와 TV
를 위해 그가 등장하는 많은 작품들이 각색되었다.

지금은 거의 잊혀진 두번째 선구자는 앙드레 엘레나André
Héléna(1919~1972)인데, 그의 작품 세계가 패배자들로 가득
차고 사회 비판으로 가득 차 있는, 프랑스의 가장 추리적인
소설들임에도 불구하고 한 번도 커다란 성공을 거둔 적이 없
었다(1949년의 『나는 살바도르를 처치할 것이다』 또는 『경찰들
은 항상 옳다』 또는 감동을 느끼기 시작하는 살인자의 이야기를
쓴 1961년의 『하수인』 등).

아주 간략하게나마 언급할 몇몇 작가들도 살펴보기로 한
다. 산 안토니오 San Antonio로 더 유명해지게 되는 프레데릭
다르Frédéric Dard(1921년생)는 1952년 『그에게 앙갚음을 해

라』라는 작품에서 펠리시라는 엄마와 '뚱뚱보'와 같이 사는, 호색한인 주인공 알렉상드르 브누아 베뤼리에라는 인물을 만들어냈다. 이 연작에서는 언어에 대한 열광과 유희가 특히 돋보인다. 이와 더불어 프레데릭 다르는 마지막까지 누가 선한 자이며 누가 악한 자인지 알 수 없도록 씌어진 『개새끼들은 지옥에 떨어질 것이다』(1956) 또는 두 자매 중 한 사람이 보기 흉한 얼굴을 지닌 자매들 사이에서 생겨나는 숨막힐 듯한 서스펜스를 그린 『혼수 상태』(1959)와 같은 작품들을 통해서 정교한 줄거리를 구성하는 가장 천재적인 작가들 중의 한 명으로 기억된다. 조르주 장 아르노 Georges-Jean Arnaud (1928년생)는 공상 과학, 스파이, 에로티시즘 또는 추리물과 같이 확연하게 서로 다른 분야들에서 가장 장황하게 서술하는 작가들 중의 한 명이다. 생 질 Saint Gilles이라는 가명으로 출판한 후, 그는 '흑하(黑河) Fleuve noir' 총서에서 1960년 이후 프랑스 소설계에서 가장 탄탄한 구성력을 지닌 작가들 중의 한 명으로 인정받는다(로베르 앙리코 Robert Enrico의 『적색 구역』이라는 작품에 영감을 제공한 1978년 『모두들 불살라버려라』, 1980년 『뻐꾸기 소리』, 1982년 『벙커 파라노』 등). 1957년부터 94권의 소설을 발표한 샤를 엑스브레야 Charles Exbrayat (1906~1989), 어떤 살인 용의자가 자신이 저지르지도 않은 범죄 행위로 인해 처벌되는 내용의 『처형대로 향하는 승강기』를 펴낸 노엘 칼레프 Noël Calef(1907~1968), 또한 '흑하'

총서의 대표 작가들 중 한 사람이며 훌륭한 줄거리를 기막히게 진행시키는 것으로 유명한 브라이스 펠먼 Brice Pelman (1924년생)에 대한 언급도 필요할 것이다. 아울러 1950~1960년대 실패를 거듭한 피에르 마냥 Pierre Magnan (1922년생)은 디뉴에서 진행되는 『아트리드족의 피』라는 작품으로 1977년 명성을 되찾았으며, 위베르 몽테일레 Hubert Monteilhet (1928년생)의 『매정한 여자』(1960) 혹은 『악마의 포석들』(1963) 그리고 미셸 르브룅 Michel Lebrun(1930~1996)도 기억할 만하다. 사실 미셸 르브룅은 80여 개 이상의 소설(1954년 『지하 가족묘』, 1957년 『죽음의 침묵』, 1982년 『루바르와 페퀴셰』)을 펴낸 작가일 뿐만 아니라 또한 추리 장르에서 가장 뛰어난 전문가들 중의 한 사람이다. 울리포포 Oulipopo(잠재 추리 문학 작업실 Ouvroir de Littérature Policière Potentielle)의 회원으로서 그는 이 분야의 대표적인 저서라고 할 수 있는 『범죄 연감 *Almanachs du crime*』을 펴내기도 한다.

3) 서스펜스의 도래

이와 더불어 프랑스, 영국 그리고 미국에서 작가들은 점점 더 심리적 측면, 희생자 그리고 그러한 요소들이 독자들에게 불러일으키도록 해주는 감동들에 관심을 갖게 된다.

이론의 여지없이 이 분야에서의 거장은 조지 호플리 Georges Hopley 또는 코넬 울리치 Cornell Woolrich라는 인물을 만들어낸 윌리엄 아이리시 William Irish(1903~1968)로 기억될 것이다. 그는 운명, 적 그리고 시간에 대항하는 희생자의 투쟁을 보여주며 이 장르를 구축하는데, 『검은 상복의 신부』(1940), 『천사』(1943), 『유령 아가씨』(1942), 『여명의 시각』(1944), 『나는 그림자와 결혼했다』(1948) 등의 소설들은 이후로 고전이 된다. 아울러 이 작품들은 많은 영화들, 특히 히치코크와 트뤼포 Truffaut의 영화 세계에 영감을 불러일으켰다.

로베르 블로흐 Robert Bloch(1917년생)는 정신병이라는 소재를 등장시킨다. 그는 특히 『스카프』(1947), 『한 유괴 사건의 부검』(1954), 『방화자』(1961) 그리고 『사이코』(1959)와 『사이코 2』(1981)에서 서스펜스, 번민 그리고 때로는 공포를 서로 연결시켜 작품을 구성한다. 그는 독특한 방법을 이용하는데, 범인은 자신이 범인인지 모른다는 것이다. 팻 맥저 Pat McGerr는 『살인하는 여인들』(1953)에서 만찬에 참석한 여인들 중의 한 명이 죽게 될 것이라는 것을 알지만 그 여자가 누구인지는 모른다는 독창적인 서스펜스를 도입한다.

이러한 조류에 속하는 또 다른 거장의 예로는 패트리샤 하이스미스 Patricia Highsmith(1921년생)가 있다. 그녀는 결국 범죄 동기로 인해서 밝혀지게 될 모든 사실을 피할 수 있도록 하는(상대방을 위해 서로 관련이 없는 처지에 있는 사람이 살인을 행함으로써 용의선상에서 벗어나기 위한 계략. 예를 들어 A는 C의 살인 대상인 D를 살해하고, C는 A의 살인 대상인 B를 대신

살해하기로 계약한다: 옮긴이) 살인의 '교환'을 줄거리로 하는 『북부 고속 열차의 미지의 인물』이라는 작품을 발표하고, 또 한 르네 클레망 René Clément(「태양은 가득히」)과 빔 벤더스 Wim Wenders(「미국인 친구」)에게 영감을 주게 될 리플리 Ripley라는 인물을 만들어낸다. 많은 이야기와 소설들에서 그녀는 범죄 심리학을 깊이 있게 적용하여 병적인 독특한 분위기를 이끌어낸다(1952년 『올빼미의 울음』, 1957년 『심연』, 1960년 『이 이상한 고통』 등).

프랑스에서는 부알로-나르스자크와 세바스티앵 자프리조 Sébastien Japrisot라는 세 명의 거장이 인정받는다. 피에르 부알로(1906년생)와 토마스 나르스자크 Thomas Narcejac(1908년생)는 희생자의 심리 상태와 번민을 바탕으로 진행되는 소설을 만들기 위해 그들의 이름을 합쳐 공동 작업을 해나간다. 1952년 그들은 클루조 Clouzot 감독의 「레 디아볼리크」라는 영화를 제작케 한 『예전 같지 않은 그녀』를 가지고 첫번째로 대중적인 성공을 거두게 된다. 『암늑대들』 『죽은 자들 속에서』 『카드 돌리기 실수』 등 무척 많은 작품들이 뒤를 잇게 된다. 이러한 소설들 외에도 이 두 작가는 추리소설에 대한 다수의 글들과 그들의 글쓰기 작업을 설명하는 『단짝 혹은 35년의 서스펜스』(드노엘, 1986)를 발표한다.

세바스티앵 자프리조(1934년생)는 장 밥티스트 로시라는 이름의 철자를 바꾸어 만든 이름이다. 1962년 그는 『살인자

들의 객실』(코스타 가브라스Costa-Gavras에 의해 영화화됨)이
라는 걸작을 발표함으로써 성공하는데, 이 작품에서는 마르
세유발 파리행 열차의 종착역에서 시체로 발견된 향수 외판
여사원의 살인 사건 후에 경찰이 그 열차의 침대차에 탑승했
던 승객들을 조사하지만 그 승객들이 서로 죽이게 되는 상황
하에서 내용이 전개된다. 자신의 여자 친구를 잃게 되는 범
죄 사건 속에서 살아남았으나 기억상실증에 걸린 한 여자가
자신의 과거와 자신의 정체를 찾아내기 위해 떠난다는 줄거
리의 『신데렐라를 위한 함정』(1962), 『안경을 끼고 총을 든
자동차 속의 여인』(1966), 그리고 주인공 엘리안느가 긴 추
적 과정을 거치며 자기 어머니가 당한 강간 사건에 대한 복
수를 하려 한다는 줄거리로서 장 베케르Jean Becker에 의해
영화로 만들어진 『살인적인 여름』 등의 작품으로 자프리조
는 많은 성공을 거두게 된다. 이 작가는 자신의 글쓰기만큼
이나 매우 복잡한 플롯들까지 세심하게 신경쓴다.

III. 70년대 이후

1) '새로운' 미국 작가들

1970년대부터 탐정이 다시 등장하기는 하지만 가끔 그 인
물이 무엇인가를 암시하는 차원에서 설정된다는 점에서 예
전의 인물과는 일정한 거리가 있다. 이렇듯 마이클 콜린스
Michael Collins(1924년생)는 고독하고 몽상적이며, 특히 신분

이 낮은 사람들에 의해 고용되는 댄 포춘Dan Fortune(포춘노 프스키의 축약어)을 등장시킨다. 그는 뉴욕에서 쿠바인, 중국 인, 폴란드인들이 거주하는 외국인촌들을 중심으로 활동한 다(1970년 『두꺼비 바람』, 1973년 『사형 집행』 또는 1983년 『천 치 바보』 참조). 그의 특징은 어떤 배를 해적질하다가 생긴 사고 때문에 팔을 하나 잃었다는 것이다. 한편 조지프 한센 Joseph Hansen(1923년생)은 로스앤젤레스의 메다이용 생명보 험사의 조사자로 일하는 데이브 브랜즈테터Dave Brandstetter 라는 인물을 만들어낸다(1970년 『경박한 갈색 머리 사나이』 또 는 『예정된 죽음』 『무덤 속의 한쪽 발』 등 참조). 특징적인 것은 그가 동성 연애자라는 것이다. 한편 빌 프론치니 Bill Pronzini (1943년생)는 싸구려 추리소설의 수집가이며, 자신의 직업에 대해 만족하지 못하던 전직 경찰인 '무명의 탐정 The Name- less'이라는 인물에 많은 비중을 두었다. 그는 성사될지 안 될 지도 모르는 자신의 결혼과 있을지 없을지도 모를 자신의 암 에 신경을 쓰며, 샌프란시스코에서 대수롭지 않은 사건 조사 를 행하고 있다(1973년 『가짜 열쇠』, 1982년 『매수당한 내 친 구』, 1985년 『사형법 조항』 참조). 이 작가는 또한 『자로프 백 작의 사냥』을 개작한 돋보이는 작품인 『이 모든 것은 장난에 지나지 않는다』(1976)를 쓰기도 했다.

　우리는 여기서 다음과 같은 작가들을 언급하고 넘어가야 할 것이다. 우선 스튜어트 카민스키 Stuart Kaminsky를 들 수 있는데, 그가 만들어낸 인물인 토비 피터스Toby Peters는 할리우드 전성기 시대의 스타들을 보호하는 역할을 수행한다. 조 고어스Joe Gores는 1928년을 배경으로 진행되는 『해밋』(1975년)이라는 한 소설을 구상하는데, 이 작품은 해밋이 핑커튼의 옛 동료를 돕기 위해 다시금 사건 수사에 뛰어든다는 내용으로 이루어진다. 그리고 버클리에서 대학 시절을 보냈고, 사회에 대해 환멸을 느끼고 있는 신랄한 유대계 탐정인 모지스 와인 Moses Wine이라는 인물을 만들어낸 로저 L. 사이먼 Roger L. Simon(1973년 『바로 그날』〔바로 그날. 무정부주의자·공산주의자들이 기다리는 사회 혁명이 성취되는 날: 옮긴이〕), 1979년 『양념 오리구이』 등)이 있다. 조심성 없는 범죄 전문 탐정인 존 샤프트John Shaft라는 인물을 만들어낸 어니스트 타이디먼 Ernest Tidyman(1928~1984)(『할렘의 붉은 밤들』, 1970)과 또한 논쟁을 좋아하고 거리낌없는 태도를 지닌 범죄 수사 담당 기자인 플레치 Fletch라는 인물을 부각시킨 그레고리 맥도널드Gregory McDonald(1937년생)도 주목할 만하다.

다른 몇몇 작가들은 그들의 독창성으로 인해 특별한 언급을 필요로 한다. 『센트럴 파크의 안식일』(1978)에서 설득력 있게 추리적인 요소와 환상적인 요소를 혼합시킨 윌리엄 효르스버그 William Hjorsberg와 남자들만을 죽이는 여자 범인을 추적하던, 딸을 잃어버린 50대 탐정이 등장하는, 정신 분석

적인 요소가 풍부한 걸작인『죽음의 등산』(1980)으로 성공한
마르크 벰 Marc Behm이 바로 그러한 경우이다. 폴 벤자민
Paul Benjamin(폴 오스터 Paul Auster의 가명)의 경우에는 추리
장르의 모든 상투적 표현들을 다시 손질하면서 극도로 전통
적인 기법의 추리소설인『공포탄』(1982)을 썼다. 유대인 탐
정인 맥스 클라인 Max Klein은 사고로 한쪽 다리를 잃은, 한
때 위대한 야구 스타였던 조지 채프먼 George Chapman에 대
해 조사하는데, 자신이 사랑하는 여인을 잃어버리고는 사건
조사를 종결짓는다.

또 다른 세 명의 작가들은 그들의 독창성과 성공에 따라 각
자의 길을 가게 된다. 첫번째 작가인 제롬 샤랭 Jérôme Charyn
(1937년생)은 경찰들, 정치인들 그리고 이주민 악당들에 대
해 뉴욕 시민들이 지니고 있는 모든 기존 관념과 대항하는
경찰관 아이작 시델 Isaac Sidel과 그의 주변 인물들을 등장시
킨다. 이 작가는 청부 살인업자인 홀덴 Holden이 주인공으로
등장하는 소설들(『개구리』『엘세뇌르』등)에서 다시 발견되는
비현실적인 아주 독특한 세상(1976년『미친 여자 마릴린』『푸
른색 눈』『맨해튼의 야외 장터』그리고『벌레와 은둔자』참조)을
그리고 있다. 두번째 작가는 토니 힐러먼 Tony Hillerman
(1925년생)인데, 우리는 그의 소설과 관련하여 '인류학적 추
리물'에 대해 이야기한 적이 있다. 그가 쓴 이야기들은 보호
구역 거주 인디언들을 중심으로 전개되며, 인디언 문화를 그

리고 있다. 자신들 역시 보호 구역 인디언들인 두 명의 경찰관, 조 립혼Joe Leaphorn과 짐 치Jim Chee가 사건 수사 활동을 벌인다(『어둠의 민족』『시간 도둑』 또는 『사자(死者)들이 춤추는 바로 그곳』 등 참조). 한편 제임스 엘로이James Ellroy (1948년생)는 등장인물들이 경찰이든 악당이든간에 병리적인 한계에 도달할 정도까지 극단적인 폭력을 사용하게 함으로써 독자들과 비평가들을 매우 놀라게 했다. 부인을 살해하고 모친을 살해(작가 자신이 바로 이 경우였다)하는 고집스러운 인물 유형이 한결같이 다시 등장한다. 이 작가의 세계를 이해하기 위해서는 『피비린내 나는 달밤』『르 그랑 널 파르』 그리고 특히 『검은 다알리아』(1987) 등을 읽어야 할 것이다.

2) 프랑스에서의 인식

프랑스에서 1970~1980년대는 추리 장르에 대한 인식이 형성되는 시기로 특징지어진다. 1940년대에 태어나 1968년에 대략 25~30세에 해당하는 작가들과 더불어 새로운 조류가 태동하는 것이다. 흔히 극좌파 출신인 그들은 추리소설을 사회 정치적인 현실 속에 뿌리내리고 비판적인 비전을 제시하며, 그들이 소위 경직된 문학이라고 부르는 문학을 부정하는 자세를 취한다. 그들은 간혹 레오 말레를 그 시조로서 그리고 장 파트릭 망셰트Jean-Patrick Manchette를 창시자로서 내세우기도 한다. 사람들은 그들의 다양성을 이유로 너무 쉽게 '신(新)추리소설 néo-polar'이라는 장르를 만들어 그들을 분류해버렸다.

어쨌든 작품 발표는 점점 더 활발해지고 (1980년 제정 '프랑스 서스펜스 대상 Grand Prix du suspense français,' 1981년 제정 '813 트로피 Les Trophées 813,' 1982년 제정 '텔레라마 범죄소설 대상 Grand Prix du roman noir Télérama' 같은) 새로운 상들이 속속 만들어진다. '추리소설 축제 Festival du roman policier'는 1979년 랭스에서 만들어졌고, '813'과 '추리소설 동호인 협회'는 1980년에 창설되었다. 잡지들의 경우 『미스터리 매거진』은 새 출발을 도모했으며, 프랑수아 게리프 François Guérif에 의해 운영되던 '폴라르 Polar'는 1979년부터 수차례에 걸쳐 발행이 중단되기도 했었고, 이따금 곧 사라져버리기도 했던 다음과 같은 많은 동호인지들이 탄생하기도 한다. 예를 들면 『갱 Gang』『범죄의 친구들 Les Amis du crime』『어두운 밤 Nuits noires』『비정한 딕스 Hard Boiled Dicks』『아말리포 Amalipo』 그리고 특히 1974년부터 1993년까지 자크 보두 Jacques Baudou에 의해 운영되던 울리포포의 잡지인 『에니그마티카 Enigmatika』 등. 전통적인 총서들과 더불어 '신추리소설'의 길잡이 총서라고 할 수 있는 '파야르 누아르 Fayard-Noir' '네오 Néo' 또는 '악순환 Engrenage' 그리고 '상긴느 Sanguine'와 같은 다른 총서들도 탄생한다.

1968년 5월 혁명의 '상황주의자들'의 정신과 연결되는 장

파트릭 망셰트Jean Patrick Manchette(1942~1996)는 이러한 새로운 세대의 널리 인정된 대부인 셈이다. 실제로 바스티드 J.-P. Bastid와 더불어 그는 1971년에 펴낸 『시체들을 햇볕에 그을리도록 내버려두어라』 이후에 프랑스 정계에서 활동하는 것을 주저하지 않는다. 『엔귀스트로 사건』(1971)은 벤 바르카Ben Barka 사건에 대한 작품이고, 1972년에 출간된 『나다Nada』(샤브롤Chabrol 감독에 의해 영화화된)는 극단주의자들에 의한 한 미국 대사의 납치 사건을 다루고 있다. 그러는 사이에 그는 『미친 자들이여, 성들이여』(부아세의 『살인 광녀』)라는 작품을 가지고 '추리 문학 그랑프리'를 수상한다. 『만원 영안실』(1973)과 『참 뼈들이 많기도 하다!』(1976)라는 작품을 통해서는 전직 공화국 보안 기동대원이었는데, 지방에서의 한 시위 사건에서 학생 하나를 죽이고 탐정으로 변신한 경력을 가진 외젠 타르퐁Eugène Tarpon이라는 인물을 소개했다. 『미국 서부 해안』(드레 Deray의 『3인의 표적』)은 악당들과 대항하는 한 평범한 개인을 무대에 등장시키고 있다. 그러나 망셰트는 아울러 상투적인 표현들을 '제거'해버린 이 장르에서 매우 주목할 만한 작가('범죄 시리즈'와는 별도로 출판된 1977년의 『숙명』에서 그는 보기 드문 폭력성을 지닌 여성 킬러의 이야기를 한다)이며, 무엇보다도 문체의 대가였는데, 생전의 마지막 작품인 1982년의 『엎드린 사수의 위치』에서는 의도적으로 '중립적'인 '행동주의 심리학적' 글쓰기를 체계화시키기도 한다. 역설적이게도 이러한 대부의 명성은 단순히 A. D. G.라는 가명으로 알려졌으며, 성향적인 측면에서 정치적으로 우파적인 알랭 푸르니에 Alain Fournier(1947년생)와 공통점을 지니고 있다. 푸르니에의 정치적 입장 때문에 그는 많은 젊은 작가들한테 '비난' 받았다. 그럼에도 불구하고 그의 소설들과 망셰트의 소설들 사이에는 수많은 연관성이 있으며, 사회 비판성이 강하고 사회에 대해 환멸을 느끼는 시각이 드러난다. 또한 그들의 작품들은 매우 짜임새 있게 구성된다는 공통점을 지니고 있다(『병든 큰 개들의 밤』『베리 이야기』 또는 『다 큰 아이』 참조).

장 알렉스 바루 Jean-Alex Varoux(1944년생)는 처음에는 구종 출판사 그리고 이후에는 플뢰브 누아 출판사에서 출판한 '악순환' 총서의 탄생을 기획한 작가이다. '신추리소설'(『아! 내 친구여』『참으로 유쾌하구나』 등)의 중심 인물인 그는 나중에 보다 해학적인 분위기에서 『루와 글로뷜르』를 만들어낸다. 에르베 자우앵 Hervé Jaouen(1946년생)은 불량배들에 의해 혼란에 빠지게 되는 결혼 첫날 밤의 이야기를 들려주는 매우 폭력적인 소설인 『붉은 신부』를 1979년에 펴냄으로써 '악순환' 총서가 발굴해낸 작가들 중의 한 사람이 된다. 과거 좌파주의자였던 프레데릭 H. 파자르디 Frédéric H. Fajardie(1947년생)는 포퇴이 출판사에서 펴낸 '상긴느' 총서의 기획자들 중의 한 명인 모스코니 P. Mosconi와 함께 일한다. 1979

년에 발표된 『경찰을 살해한 자들』은 많은 파문을 불러일으
킨다(1981년의 『착한 파티』 또는 1986년의 『황홀한 미래』도 읽어
보아야 한다). 에르베 프뤼동 Hervé Prudon(1950년생)은 1978
년에 『참회 화요일』(거기서도 역시 어떤 개인이 한 경찰관을 죽
인다)과 다양한 서술 양식이 드러나는, 문체의 연습이라 할
수 있는 『병든 타잔』을 출판한다(1979).

　　1980년대에 주로 같은 정치적 성향을 지녔고 '신추리소
설'의 가르침을 습득하기는 했지만 '신추리소설'과는 오히려
거리를 두고 있는 또 다른 작가들이 부상한다. 장 프랑수아
빌라르 Jean-François Vilar(1948년생)는 1982년 『죽는 것은 항
상 타인들이다』라는 작품으로, 최고의 작가 한 명에게만 수
여되는 '텔레라마 상'을 받는다. 그는 『원숭이들이 지나가는
길』(1984), 『바스티유 탱고』 그리고 사진, 트로츠키주의와
초현실주의의 영향을 받은 작품인 『과장된 것들』(1989)──
그는 그레뱅 밀랍 박물관에서 출발해서 오늘날의 파리와
1792년의 파리 사이를 시간 여행하는 과학 실험적 모임을 만
든다──을 계속 발표한다. 티에리 종케 Thierry Jonquet(1954
년생)는 한때 좌파주의자로서는 의미심장하게 라몽 메르카
데르 Ramon Mercader(『과거를 타파하자』 『동무여, 천천히 뛰게
나』 『소련은 물러가라』)라는 이름으로 '흑하' 총서에서 소설들
을 펴낸 후, 1984년에는 『땅거미』를 가지고 '범죄 시리즈'에
들어가며, 1985년에는 이 총서의 통권 2000호로 『미녀와 야

수』를 펴낸다.

장 베르나르 푸이Jean-Bernard Pouy(1946년생)는 가장 독창적인 작가들 중의 한 명이다(1985년 『쉬잔느와 진부한 작자들』, 1986년 『천사 낚시』, 1988년 『거짓말의 열쇠』 그리고 1992년 『퐁트네의 미녀』가 있는데, 이 마지막 작품에서는 전국노동연합 소속의 말 못하고 듣지 못하는 스페인의 한 늙은 무정부주의자가 이브리에 있는 자기 땅에 자주 놀러오던 한 여고생인 로라의 살인범을 찾아내기 위해 사건 조사를 진행한다). 그는 매우 재치 있는 방식으로 사회 비판과 왜곡된 문학적 레퍼런스를 혼합시킨다. 다니엘 페나크Daniel Pennac(1944년생)는 『냉혈한들이 행복스럽게도』(1985)와 『요정이 작은 전투를 벌이다』(1987) 이후 갈리마르 출판사의 '백색Blanche' 총서에서 뱅자맹 말로센Benjamin Malaussène의 이어지는 모험(1990년 『산문(散文)을 파는 소녀』, 1995년 『말로센 씨』) 그리고 『소설처럼』이라는 수필집을 펴냈다. 파트릭 레날Patrick Raynal(1947년생)은 『르 몽드』지에 추리소설과 관련된 지면을 담당한 후에 '범죄 시리즈'의 편집국장이 되었다. 사회 현실에 기반을 둔 그의 소설들은, 『멋진 동부』에서이건 또는 멋진 여성 고객이 '주인공'에게 사건을 의뢰하러 오는 전통적인 도입 부분에 못지 않는 첫 장면으로 시작되는 주목할 만한 작품인 『여자들이 보이는 창』(1989년)에서이건, 추리 장르의 규율을 존중하는 매우 섬세한 다시 쓰기 작업을 보여주고 있다.

이러한 맥락에서 눈에 띄는 두 명의 작가들이 있는데, 로빈 쿡Robin Cook과 디디에 다에닝크스Didier Daeninckx가 바로 그들이다. 로빈 쿡(1931~1995)은 『영국식 크림』(1962)에서부터 『두 번 죽는다』(자크 드레Jacques Deray 감독이 영화화) 또는 『여름철은 살인적이다』(미셸 드빌Michel Deville 감독이 영화화)를 거쳐 『나는 도라 쉬아레즈였다』에 이르기까지 가차없는 암흑의 세계를 그린다. 한편 디디에 다에닝크스(1949년생)는 인류의 기억과 공식적인 역사를 다시 묻는 작업을 끊임없이 진행한다. 그의 놀라울 만한 소설인 『기억을 위한 살인들』(1984)은 이렇듯 제2차 세계 대전과 1961년 파리에서 발생한 알제리인 학살 사건을 연결시킨다. 그가 쓴 다른 소설들도 같은 사고 방식에서 출발한다(『최후의 전쟁』 『미완의 거인』 『사형 집행인과 그의 분신』 『플레이백』 『검은 빛』 『죽음은 아무도 잊지 않는다』). 여러 소설들을 거친 후에 『숙명적인 요인』(1990)에서는 비참하게 전락해가며 삶에 실망을 느끼는 경찰인 사건 수사관 카댕Cadin의 허구적인 전기를 재구성하는 독창성을 보여준다.

이와 더불어 흥미로운 다른 작가들은 상대적으로 규정하기 힘든 작가들로 남는다. 장 에르망Jean Herman이라는 가명의 극작가이자 영화인인 장 보트랭Jean Vautrin(1933년생)은 『빌리제킥』에서 일종의 자지 Zazie의 손녀인 쥘리 베르트 Julie-Berthe 같은 기묘한 인물들을 등장시켜 이상한 세계를 구축한다. 파트릭 코뱅 Patrick Cauvin이라는 가명으로 활동한 베스트셀러 작가인 클로드 클로츠 Claude Klotz(1933년생)는 한 장이 넘어갈 때마다 다른 브랜드의 담배를 피워물고(『빙뱅』『잽쥽』『딩고다그』 등) 1971년부터 13개의 모험담을 이끌어나가는 라네르 Raner라는 희화적인 '슈퍼 주인공'을 만들어낸다. 조제프 비알로 Joseph Bialot(1923년생)는 1978년 『유혈이 예상된 살롱』으로 '추리 문학 그랑프리 Grand Prix de littérature policière'를 수상한다. 『바벨-시티』(1979)는 공산주의자들과 이주민들로 얼룩진 벨빌을 배경으로 과거로 인해 상처 입은 한 남자, 여성 살해범 그리고 한 사이비 종교를 등장시킨다. 각별한 감동을 전해주는 『추억의 밤』(1990)에서는 자신의 손자가 유괴되는 사건을 통해 한 할아버지가 강제수용소에서 보낸 자신의 과거와 다시 맞부딪치게 된다. 피에르 시니아크 Pierre Siniac(1928년생)는 세 개의 다른 결말을 지닌 『악몽』(1960)과 『저주받은 자를 사랑하라』(1980) 같은 복잡한 소설들을 쓰는데, 나이와 성별이 정해지지 않았으며 권투장갑을 끼고 다니는, 추리 문학에 있어 가장 괴물적인 두 명의 인물인 뤼쟁페르망 Luj'Inferman과 라 클로뒤크 La Cloducque를 만들어낸다. 알랭 드무종 Alain Demouzon(1945년생)은 특히 플라마리옹 출판사에서 분위기, 문체, 자기보다 앞서 활동한 작가들에 대한 언급들을 세심하게 다듬은 작품들을 출판했다(『아벨 씨』『아무개 모씨』『안녕 라 졸라』 등). 『파리』

(1976)에서는 자신의 손녀를 되찾기 위해 고용된 한 탐정이 외디푸스적인 상황 전개에서 자기 자신의 이야기를 발견해 낸다. 그리고 크리스토퍼 디아블Christopher Diable(클로드 브라미 Claude Brami, 1950년생)은 놀랄 만한 소설을 하나 쓴다. 그것은 바로 『택시 운전사 아브라함 콜르의 가장 긴 주행』이라는 1977년 '추리 문학 그랑프리'를 수상한 소설인데, 여기에서 작가는 살인 혐의를 받고 있는 '비참한' 한 소녀를 돌보는 3년 전 딸을 잃은 53세의 알베르 콜르 Albert Coles라는 택시 운전사가 자신의 딸이 죽은 이야기를 재구성한다. 현재 나타나고 있는 프랑스 추리소설의 활력을 증언하는 많은 다른 작가들에 대해 언급하려면 이 책의 지면이 부족하다.

3) 서스펜스의 폭발

서스펜스의 폭발적 성장은 이론의 여지없이 알뱅 미셸 출판사에서 펴낸 '서스펜스 스페셜' 총서에 포함되어 있는 메리 히긴스 클라크 Mary Higgins Clark의 소설들의 성공에 기인한다(1977년 『여우의 밤』, 1975년 『감시소』, 1980년 『H 박사 클리닉』, 1982년 『밤의 비명』, 1984년 『과거의 악마』, 1987년 『울지 마라 내 사랑아』, 1992년 『우리는 더 이상 숲에 가지 않을 것이다』, 1993년 『언젠가 너는 알게 되리라』). 아이리시의 뒤를 이어 그녀는 서스펜스를 그 절정의 단계로 올려놓으며, 그 후 그녀의 마지막 소설들에서는 서스펜스와 미스터리를 혼합하는 양상을 보여주기도 한다.

그녀는 장 프랑수아 코아뫼르Jean-François Coatmeur(1925
년생)와 같은 좀더 신중하지만 매우 섬세한 프랑스 작가들과
교류를 가졌는데, 코아뫼르는 '가면' '범죄 클럽' 그리고 '식
은땀' 총서들에서 작품들을 발표한 후 '서스펜스 스페셜' 총
서에서 『붉은 밤』(1984) 또는 『예스터데이』(1985)와 같은 훌
륭한 소설들을 출판하기도 한다.

다른 한편으로 공포와 전율에서 인정받은 기법들을 지닌
미국 작가들이 젊은 독자층을 파고들어 커다란 성공을 거둔
다. 가장 유명한 작가는 예를 들어 『찰리』(1980), 『러닝맨』
(1982), 『미저리』(1987) 그리고 특히 『뼈 위의 살』(1984)과
추리 장르에서 걸작 중의 하나로 인정되고 있는, 자동차에
갇혀 미친 세인트버나드 견의 공격을 받는 모자의 이야기인
『쿠효』(1981)를 펴낸 스티븐 킹 Stephen King(그는 리하르트
바흐만Richard Bachman이라는 가명을 쓰기도 한다)임은 물론
이다. 쿤츠D. R. Koontz 역시 무엇보다도 커다란 바퀴벌레가
우글거리는 지하실에 자신을 가두어놓은 어머니에 의해 자
신의 어린 시절이 심리적으로 파괴된 한 미친 남자와 한 젊
은 여인을 대결시키는 내용의 『바퀴벌레들의 밤』(1980)이라
는 작품을 통해 커다란 명성을 얻는다.

4) 다른 문화들의 발견

이 마지막 시기는 또한 다른 나라들에서 추리소설의 존재가 인식되는 시기이기도 한다. 따라서 많은 번역물들이 (특히 '10/18' 총서) 다른 작가들과 다른 문화들을 접할 수 있는 계기를 제공하게 된다.

스칸디나비아 복지 제도의 외형적인 면 뒤에 숨겨진 모습을 탐구하는 스웨덴 작가인 마즈 시요발 Maj Sjowall(1935년생)과 퍼 왈루 Per Wahloo(1926년생)의 경우가 바로 그렇다. 네덜란드 작가인 얀빌렘 반 데 베터링 Janwillem Van De Wettering(1931년생)의 『암스테르담의 파푸아인』 또는 『마리아 드 쿠라사오』 같은 소설들을 통해서 독자들은 (신경통부터 신경 증세가 있는 고양이에 이르기까지) 권태에 가득 차 있는 사건 조사자들을 발견한다. 독일 작가인 키 Ky는 많은 독자들에 의해 인정받게 된 또 다른 거장이다. 『커다란 용을 위한 불』과 『로빈 후드는 죽었다』(1979)를 통해서 그는 테러리즘과 인종차별주의를 신랄한 방법으로 밝혀내며 분석하고 있다.

스페인에서는 두 명의 작가를 언급할 필요가 있다. 프랑코 이후 시대상을 드러나게 하는 사건 조사에 바르셀로나 출신의 섬세한 미식가인 페페 카르발호 Carvalho라는 탐정을 선보이는 마누엘 바스케스 몬탈반 Manuel Vasquez Montalban(1939년생)과 괴상해보이는 탐정을 등장시키는 에두아르도 멘도

사 Eduardo Mendoza(1943년생, 『올리브나무들의 미로』 참조)가 바로 그들이다.

이탈리아에서는 조르고 세르바넨코 Giorgo Scerbanenco(1911년생)가, 1940년부터 1942년까지 5개의 추리소설을 써 낸 후, 불치의 환자에게 안락사를 시켰다는 이유로 의사협회에서 제명당한 의사인 두카 람베르티 Duca Lamberti라는 인물을 만들어낸 『개인 소유의 비너스』를 펴내면서 1966년에 다시 등장한다. 『차를 얻어탄 순진한 아가씨들』 『광장에 뿌려진 피』 등과 같은 매우 어두운 다른 소설들이 그 뒤를 잇는다. 여러 차원에서 '추리소설들'을 쓰거나 또는 디킨스의 미완소설인 『에드윈 드루드의 미스터리』 등을 다시 쓰는 작업을 진행시킨 두 명의 신문 기자, 프루테로 Fruttero와 루첸티니 Lucentini——1972년 『일요일의 여인』은 이탈리아 토리노 지방의 위선적인 부르주아를 신랄하게 드러내는 작품이며, 형이상학적으로 밝혀지는 '줄줄이 이어지는' 사건 조사인 1980년 『왕초의 밤』——가 있었다는 것도 언급해야 할 것이다.

제3장
미스터리소설

I. 구조적 구성 요소들

1) 이중 구조

우리는 페이로니 A. Peyronie(「추리소설에 대한 이중 조사」,
『현대』지, n° 2, 1988, p. 129)처럼 미스터리소설을 다음과 같은
방식으로 아주 간단하게 정의할 수 있을 것이다: "미스터리
성격을 지닌 추리소설에 있어서 미스터리는 사건 조사를 통
해 해결의 단계로 넘어간다."

실제로 이중 구조와 함께 진행된 사건 조사의 성격에 의해
이러한 종류의 소설을 정의할 수 있는 공감대가 형성된다.

미스터리소설의 구조는 사실 두 개의 이야기를 가정한다.
첫번째 이야기는 범죄의 이야기이며, 과거 시점의 이야기이
다. 이 이야기는 두번째 이야기가 시작되기 전에 종료되며,
일반적으로 소설상에서는 그 사건의 전개가 직접 이야기되
어지지는 않는다. 결과적으로 첫번째 이야기를 재구성하기
위해서는 사건 조사 과정인 두번째 이야기를 통해서 독자에

게 전달할 수밖에 없다. '순수하게' 형태적인 측면에서 살펴보면 사건 조사가 진행되는 것은 첫번째 이야기를 시간상으로 거슬러올라가는 것과 상응하는 상황이 되며, 두 이야기 사이에 단절을 형성한다. 이러한 의미에서 후퇴적 구조라는 것에 대해 논할 수 있었던 것이다. 자크 뒤부아(1992, p. 77)는 그것을 다음과 같이 정리하고 있다:

추리소설은 범죄의 이야기와 사건 조사의 이야기인 두 가지 이야기를 놓고 어느 한 이야기에 다른 이야기를 연결시키는데, 소설이 그 이야기들을 중첩시키거나 복잡하게 만들어도 소용이 없는 이유는 그렇게 해도 결국 그 두 가지 이야기들은, 동일한 텍스트적 현실이 두 개로 분리된 부분처럼 존재하기 때문이다. 이러한 분리를 보여주는 특징 중의 하나는 탐정과 범인을 대립시키는 상호 공격적 관계가 두 인물이 정면 대결하는 형식으로 드러나지 않는다는 것이다. 이야기상에 놓여 있는 두 개의 축은 각각 미스터리의 모든 거리 유지 방식에 의해 자신의 고유한 영역에 갇혀 있고, 다른 상대 인물과 격리되어 있다. 인물들의 만남이 끊임없이 미루어지는 상황에서 사건이 전개될 수밖에 없으며, 그 사건은 이야기의 최종 부분에 가서야 완결되는 것이다.

역사적인 관점에서 볼 때, 미스터리소설은 이차적인 이야

기, 다시 말해 사건 해결 과정의 이야기를 강조하면서 대중
소설에 고유한 모험과 범죄의 이야기들을 억제한다고 말할
수 있을 것이다. 미스터리소설은 오히려 사건 해결의 방법론
적인 측면과 조사의 합리성에 비중을 두는 것이다.

그러나 우리로 하여금 이러한 가정을 상대적으로 완화시
키도록 만드는 세 명의 비평가가 있다. 그들 중 두 비평가는
사건 조사(특히 페이로니, 1988 참조)를 중요시 여기며, 한편
으로 사건 해결을 위한 지속적인 진전이 아니라 오히려 마지
막 단계에서의 명백함을 제시하기 이전에 독자들을 헷갈리
게 하기 위해 혼란을 증가시킨다는 점과 다른 한편으로 표면
상의 합리성이 보다 전통적인 담화, 다시 말해 사냥, 흔적들,
단서 등과 같은 장르(전원소설 참조)의 기원 혹은 그 소설이
다루고 있는 무의식을 부분적으로 반영하는 담화를, 독자들
이 은밀하게 알아차리는 것을 방해하지 않는다는 점을 매우
잘 인식하고 있다.

나머지 한 비평가는 우리 아이젠츠바이크Uri Eisenzweig이
다(『불가능한 이야기』, 1986). 그에 따르면 미스터리소설은 가
상적인 서술이 불가능하다는 점에 기반을 둔다. 사실 범죄
내용의 서술은, 미스터리를 만들어내기 위해서는 부재해야
함과 동시에 단서들을 통해서 그 미스터리가 재구성되도록
하기 위해서는 존재해야 하는 것이다. 다시 말해서 미스터리
가 사실적이면 사실적일수록 해답은 점점 더 찾기가 불가능

해진다는 것이다. 그 반대로 해답이 그럴 듯하면 할수록 미
스터리는 점점 더 줄어들 것이다. 하지만 이러한 날카로운
비평은 제한적으로 적용될 수밖에 없는데, 왜냐하면 그것은
가능한 은폐의 모든 전략들을 잊어버리고, 모든 것 아니면
아무 것도 아닌(단서들이 있는지 아니면 아예 없든지 둘 중의
하나이다) 흑백 논리적인 사고를 요구하기 때문이다.

이것은 미스터리소설의 목적이 (처음부터 저질러졌으며, 그
런 상태로 감추어져버린) 범죄가 누구에 의해 어떻게 행해졌
으며, 어떻게 은폐되었는지를 재구성하는 행위인, 사건 조사
에 대한 이야기를 강조하는 것을 의도적으로 방해하기 때문
이다. 이렇듯 사건 조사의 현재 시점은 범죄 행위가 발생하
게끔 한 과거를 아주 끊어버리기 위해서 그 과거를 재구성해
야 하는 것이다.

2) 의도하는 효과

미스터리소설은 사건 조사자와 범인간에 발생하는 (신체
적이 아닌) 지적인 대결에 의해 구체화되는, 작가와 독자간의
(가정된) '지적인 게임'을 그 기반으로 한다. 이것은 '탐정소
설' '문제소설' '유희소설' 등과 같은 동의어들, '밀실'의 문
제와 같은 몇몇 선호되는 주제들 또는 출판된 어떤 작품들의
형식을 설명한다. 이렇듯 작품들은 탐정 역할을 맡은 독자들
이 해결해야만 할 사건(휘틀리의 『프랑티스 사건』 참조)의 형

식으로 전개된다. 수년 동안 '흔적' 총서에 포함되는 작품들의 마지막 장들은 종이띠로 묶여져 있었으며, 많은 잡지들은 게임의 형식으로 문제와 해결책이 잡지의 다른 지면상에 위치하도록 한 미스터리 추리물들을 소개했다. 또한 우리는 이러한 게임과 관련하여 시청자들의 명민성을 촉구했던 「마지막 5분」이라는 TV 시리즈물을 생각할 수도 있을 것이다.

이러한 배경하에서 모험과 감동은 과소 평가되고, 이 점은 미스터리소설에 대한 다음과 같은 히치코크의 입장을 설명한다(『히치코크-트뤼포』, 람세스, 1983, p. 59):

일반적으로 관심이 항상 마지막 부분에만 국한되기 때문에 나는 항상 미스터리소설을 꺼렸다. 〔……〕 당신은 단지 누가 죽였느냐는 질문에 대한 대답만을 기다리고 있기 때문이다. 여기에는 어떠한 감동의 여지가 없다.

사실, 미스터리소설은 규칙들(반 다인의 규칙들 참조)의 도움으로 제기하고 해결해야 할 것과 관련된, 그러면서도 독자가 사건 조사자와 함께 경쟁에 참여할 수 있도록 해주는 몇 가지 핵심적인 의문들로써 구성된다(누가 죽였느냐[Whodunit]? 무엇 때문에? 어떻게? 그것을 어떻게 아는가?). 이렇듯 어떠한 면에서 미스터리소설은 미스터리를 구체화시키고, 지적인 유희를 즐기는 광범위한 게임 종목들(외디푸스적인 이야기들에서부터 수수께끼들까지) 중의 하나이다. 소설에서 자주 등장하는 그것의 상징적인 모습은 재구성하도록 되어 있는 퍼즐일 것이다. 따라서 사건 조사자는 1991년 폴 할터 Paul Halter의 『호랑이의 머리』에서처럼 게임을 하는 인물의 모습들 중의 하나인데, 이 소설에서 작가는 "추리에 있어 어떠한 실책도 범하지 않기 위해 나는 당신들에게 그것이 마치 장기 시합이며, 주역들은 장기말인 것인 양 객관적인 시각으로 문제를 바라볼 것을 제안합니다"라고 선언한다. 그리고 엘러리 퀸의 소설들에서처럼 텍스트는 가끔 게임의 또 다른 참가자인 독자에게 직접적인 도전장을 띄울 수 있는 것이다.

따라서 미스터리소설은 한 번 더 구조적인 측면에서, 범인은 은폐하려 하고 조사자는 찾아내려고 애쓰는 범죄와 사건 조사의 차원, 그리고 작가는 감추려 하고 독자는 밝혀내려고 애쓰는 쓰기와 읽기의 차원에서 이중적이 되는 것이다.

이것은 바로 어떤 작가들에 의해 만들어진 규칙 체계들이 형식화되어가는 경향이 있다는 것을 최소한 받아들여야 한다는 것을 의미한다. 이렇듯 반 다인(1928)이 제시한 최초의 두 가르침은, 첫째, 독자와 탐정은 문제를 해결할 수 있는 평등한 기회를 가져야 하며, 둘째, 작가는 범인이 탐정에게 사용하는 것과 다른 간계들과 함정들을 독자에 대해서 사용할 권리가 없다는 것을 단호하게 명시하고 있다.

이것은 물론 독자들과 인식적인 경쟁의 관계에 빠지는 현상과 이러한 규칙들을 매우 빈번하게 위반함으로써 독자들을 놀라게 하려는 작가들의 욕망을 억제하지는 못한다.

3) 지식의 위치와 역할

미스터리소설에서 지식은 핵심적인데, 왜냐하면 그것이야말로 조사자와 범인 그리고 작가와 독자간의 대결의 장이기 때문이다. 그것은 바로 그들 싸움의 목적이며, 독서의 즐거움이다. 페이로니(1988, p. 129)는 "탐정의 사건 조사는 소설에서 정보의 분배를 칭하는 이름이다"라고 매우 적절하게 지적한다.

그리고 그때부터 참가자들에게 평등한 기회를 부여하기 위해서 지식을 텍스트에 드러내는 작업은 각별한 주의를 기울여 진행되어야 한다. 글쓰기와 서술을 구성하는 것은 지식(그 분배, 은폐, 재구성의 가능성)이다. 이것은 아니 콩브Annie Combes가 애거사 크리스티의 경우를 예로 들어 멋지게 분석해낸 단서들과 속임수들에 대한 주의를 요구한다(『애거사 크리스티, 범죄의 글쓰기』, 1989). 그녀에 따르면 다음과 같은 세 종류의 단서들을 구분할 수 있다:

——허구적 단서들은 구체적인 것들(사물들, 범죄와 연관된 비정상적인 요소들)이거나 상황적인 것들(인물들의 신체적 또는 심리적인 특징으로부터 독자들이 구축할 수 있는 가정들)이다;

——언어학적 단서들은 대화(은연중에 나타나거나 실수 등) 중에 드러난다;

——문자 단서들은 탐정에게보다는 독자들에게 더 접근이 용이하다. 그것들은 철자 바꾸기, 대칭성, 시니피앙의 확산 (따라서 『황색 방의 미스터리』라는 작품에서 '커다란 핏자국'을 뜻하는 'large tache de sang'은 라르상 Larsan에 대해 시선을 돌리게 할 수 있다) 또는 상호 텍스트적인 암시(어떠한 단편소설이 포의 『도난당한 편지』를 연상케 한다든지 또는 어떠한 상황이 다른 작품에서 나타나는 똑같은 그 어떤 상황과 관련이 있다든지 하는 경우)로 구성되어 있다.

아마도 독자에게보다 탐정에게 더 접근이 용이할 것으로 여겨지는 허구적 단서들은 금방 소용없어질 그런 단서들이라는 것, 그리고 더 깊은 세밀함을 추구하는 작가들은 이러한 단서들보다는 오히려 독자들의 입장에서 초기의 사건 조사자들에게서 보여지는 무기나 독극물 또는 시가의 재에 대한 백과사전적인 지식이 아니라 텍스트의 한 구절 한 구절에 세심한 주의를 기울여야 하는 언어학적 또는 문자적 단서들에 더 많은 비중을 둘 것이라는 것을 주목해야 할 것이다.

한편 속임수들(혹은 단서들을 은폐하는 방법들)은 다양하다. 과다함(기억 용량이 다 차서 어느 것을 기억해야 할지 모른다), 이용되는(허구적·언어학적 또는 문자적) 차원의 다양함, 장소(제목, 초기 단서들과 같이 독자가 예상하지 않은 장소, 부

수적이라고 생각하는 장소 혹은 은폐하기 좋은 장소에서 또는 중
요하지 않은 인물의 입을 통해서) 혹은 부정확함(단서가 내용의
핵심적인 것인지 부차적인 것인지 알지 못한다) 등에 의해 속임
수는 형성된다.

　단서들과 속임수들에 대한 이러한 게임은 어찌되었든 표
면적인(각각의 요소가 단서이건 세계를 구성하는 정보이건 혹은
둘 다의 경우라고 할지라도) 사실주의와 화자에 부여하는 최
소한의 확신에 따라 작동된다(왜냐하면 만약 그의 모든 말들을
의심한다면 독서를 계속해나가고 정보 분류의 원칙을 찾아내기
어렵기 때문이다).

　지식과 그것을 은폐하는 데 부여되는 중요성은 미스터리
소설을 난해한 코드(롤랑 바르트R. Barthes, 『*S/Z*』, 1970 참조)
에 대한 엄청난 작업이 필요한 곳으로 만들고 독서에 있어
일반화된 의구심을 불러일으키는데, 왜냐하면 (거의) 모든
것이 의심될 수 있기 때문이다. 이로 말미암아 서술적인 메
커니즘에 깊은 주의를 기울여야 하는 필요성이 생겨나는 것
이다.

4) 서술적 담화 사례

　『추리소설 읽기』(1989)라는 탁월한 저술에서 마르크 리츠
Marc Lits는 다음과 같이 강조하고 있다(p. 86) :

범죄 미스터리 이야기를 '보는 것'과 '말하는 것'이라는 두 개의 기본적인 개념으로 축소시킬 수 있을 것이다. 범죄자인 그 어느 누가 눈에 띄지 않고 사람을 죽였는데, 그 사실을 말하지 않으려 한다. 그리고 또 다른 인물, 즉 한 탐정이 보지는 못했지만 자신이 볼 수 없었던 것을 자신의 말을 통해 재구성하게 될 것이다. '말하는 것'이 '보는 것'과 일치하게 되면 미스터리는 해결될 것이다.

사실 지식이 핵심적인 역할을 맡고 있는 이러한 부류의 소설들에서 '말하는 것'과 '듣는 것'은 '행하는 것'보다 중요하거나 혹은 더 정확하게 말해서 행위들인 '행함'의 본질들을 구성한다. 서술은 지적인 유희가 발생할 수 있도록 가능한 한 충실하게 사건 조사자가 인식한 것을 보여줌과 동시에 독자들을 놀라게 하기 위한 변형들, 심지어 왜곡들도 구축해야만 한다.

이러한 이유에서 미스터리소설은, 인물들과는 관련없는 서술 그리고 사건들의 전개를 인식하게끔 해주는 사건 조사자의 서술과 더불어 사건 조사자의 측근(왓슨, 해스팅스 등)에 의해 텍스트적으로 구체화되는 간접적인 '서술의 중개 방식'을 대체적으로 선호하게 된다. 이것은 최소한 세 가지 장점을 가지고 있다. 첫째, 사건 조사의 심각성에 대응하는 유머를 끌어들이며, 둘째, 모든 것을 다 말하지 않도록 하고

(전지전능한 화자 또는 탐정 역할을 하는 '나'의 존재와 더불어 필요할 것이라고 생각되는 것과는 반대로), 셋째, 탐정을 지켜보는 독자가 흉내내도록 하며, 이 중개인을 통해 도전할 수 있도록 해준다. 따라서 프리먼의 『게임은 진행되었다』에서 사건 조사자인 손다이크는 해결책을 찾았을 때 그의 친구인 의사 제르비에게 다음과 같이 말한다:

그렇지만 어쨌든 이 문제를 해결하기 위해 당신이 마지막 노력을 시도해보기 바랍니다. 당신은 사실에 대한 모든 자료를 가지고 있습니다. 그것들을 선입견 없이 다시 검토하고 모르티메의 이야기를 다시 읽어보십시오. 그러면 당신은 내가 밀러에게 제안하려고 했던 결론에 도달할 수밖에 없을 것입니다.

지금까지 우리들이 살펴본 것에 따르면 미스터리소설의 서술적인 핵심 사항들 중의 하나는 역언법(逆言法, 요점을 가볍게 취급하는 듯이 보임으로써 오히려 주의를 끄는 표현법: 옮긴이), 다시 말해 선택된 서술적 논리상에서 말해졌어야만 할 것을 빠뜨리는 것으로 이루어지는 것이라는 점이 명백하다.

이처럼 존 딕슨 카의 『누가 찰스 디킨스를 두려워하는가?』에서 독자는 다음과 같은 대목을 읽는 바로 그 순간에는 전화 통화를 하는 상대방은 누구이며, 어떠한 정보가 주어졌는지에 대해 알지 못한다:

빗소리가 그치고 구름들이 걷혔다. 홀 내부는 숨막힐 듯한 열기로 가득했다. 마크는 수화기를 들었다. 조사하고자 하는 상대방을 부르기 전에 마크는 다른 전화번호를 돌렸다. 그 전에 알고 싶은 한 가지 점이 있었던 것이다. 그가 얻은 답변은 그를 실망시키지 않았다. 바로 그가 기다리던 답변이었던 것이다. 그리고 나서 마크는 지체없이 문제의 인물과 통화하기 위해 전화번호를 돌렸다.

한편 일인칭 서술 형식과 연결되는 이러한 원칙은 『끝나지 않는 밤』과 특히 『로저 애크로이드의 살인』에서 애거사 크리스티에 의해 체계화되었다. 범인은 화자인데, 결말에 이르러서야 이러한 사실이 밝혀지는 것이다. 물론 어떠한 경우도 이것은 이 장르의 규칙들을 위반하는 것이기는 하지만 우리는 어느 소설이 이것을 완전히 피할 수 있을 것인가에 대해 자문할 수밖에 없으며, 『로저 애크로이드의 살인』에서 일반화된 이러한 위반이야말로 이 장르에서 가장 놀랍고도 흥미로운 소설들 중의 하나로 만드는 요인이 되었음을 알 수 있다.

이러한 화법의 유형과 더불어 시간을 무시하는 모든 요소들, 말하자면 '정상적인' 시간의 흐름을 혼돈시키는 요소들에 대해서도 언급해야 할 것이다. 이러한 기법들은 사건 조사에 선행하는 것을 재구성하는 것이기 때문에, 또 회상적으로 또는 흔히 분명하지 않은 방식으로 (알리바이 참조) 지나간 일들을 드러내는 연속적인 심문의 방식으로 이루어지기 때문에 미스터리소설의 기반을 이루고 있는 것이다. 서술적인 무질서와 그에게 주어지는 상이한 관점들을 통해 독자는 이렇듯 보다 용이하지 않게 이야기를 재구성한다. 이러한 사실로 인해서 범죄와 사건 조사의 내용을 재구성하고 밝히는 사건 조사자의 마지막 언술은 회상에 기반을 둔 장르의 핵심적인 모습인 중요한 '설명적 플래시백'(이야기의 진행을 잠깐 중단시켜 회상의 형식으로 과거의 사건을 재현하는 것: 옮긴이)처럼 구성된다.

한편 사건 조사자보다 앞서서 독자로 하여금 해답을 찾아내도록 부추기는 격려와 종용은 메탈렙스이며 소설에 있어 작가의 개입인데, 이것은 소설을 구성하고 있는 한 요소인 게임의 부분을 상기시키는 역할을 한다.

II. 허구의 구성

1) 행위, 주제 그리고 장면

미스터리소설들에서 근원적인 행위(살인)는 드러나지 않는다. 그 행위는 부재하며, 재구성해야 할 과거 속에 위치하며, 단지 흔적들만이 남아 있는 것이다. 행위의 핵심은 단서들을 수집하고, 관찰과 심문 과정을 거쳐 그 단서들에 의미를 부여하려고 하는 (지적인) 사건 조사에 있다.

가능한 시나리오들은 결론적으로 한정되어 있으며, 우리는 사건 조사의 의뢰, 범죄와 단서들의 발견, 심문과 토론, 고백 그리고 마지막 폭로와 같은 몇 가지 전형적인 장면들을 생각해볼 수 있다.

텍스트의 핵심은 드러나지 않으며 전제된 단서들, 사건 조사자, 범인 그리고 용의자들 사이의 역학 관계가 드러나는 대화, 언사 그리고 언술 속에 들어 있다. 유명한 한 언어학자 (오스틴 J. L. Austin의 저서 『말하는 것은 행하는 것이다』를 가리키는 것으로 보임: 옮긴이)를 회화시키면서 우리는 미스터리소설에서도 '말하는 것은 행하는 것이다'라는 주장을 펼 수 있을 것이다. 모두들 최소한 부분적으로 거짓말을 하거나 빼먹는 와중에서 언사는 한결같이 거짓과 진실 사이에서 행해진다. ('나 자신이 진실이다'라고 주장하는 룰르타비유처럼) 진짜 담화, 바로 잡혀진 착오 없는 텍스트로 회복시키는 것은 탐정의 몫이다.

고전 비극에서처럼 미스터리소설은 폭력을 뒷전으로 밀어놓는다는 것을 확인하는 것도 무의미하지는 않다(이미 행해진 상태의 범죄, 완곡하게 표현되는 신체적 대결들, 이야기가 끝난 후 독자들의 상상에 맡기는 죄에 대한 응징). 담화들만이 오직 그 흔적을 간직하고 있다.

2) 등장인물

사람들은 흔히들 무의미한, 즉 꼭두각시 같은 인물들을 등장시킨다는 이유로 미스터리소설을 비난한다. 사실 그것은 서술적이고 난해한 장치를 위해 이용되는 역할 또는 하수인 체제에 보다 근접한 것이다. 그들의 관심은 사회적인 것도 심리학적인 것도 아니고 기능적인 것이다. 그들의 인성은 명백한 증거 없이 그들이 취득할 수 있는 단서들과 속임수들에 의해 구성되는데, 이는 그들 중에 누구도 그의 범죄성을 증명할 수 있는 증거를 자신의 외모나 언어를 통해서 쉽사리 드러나게 해서는 안 되기 때문이다.

게임의 규칙들을 존중하기 위해서 그들은 모두 초반부터 등장하며, 사건 조사를 통해 범죄가 행해지던 바로 그 순간, 그 자리에 있었던 상황을 재구성할 수 있도록 하기 위해서 그들의 심리 상태는 수정될 수 없다.

게다가 지적 이해 메커니즘을 혼돈시키지 않기 위해서 "본격적인 추리소설은 모든 사랑 이야기에서 해방되어야 한다. 거기에 사랑을 끄집어들이는 것은 사실 순수하게 지적인 문제를 방해하는 것일 따름이다"라는 반 다인의 세번째 규칙이 상기시키는 바와 같이 폭력과 섹스는 완곡하게 표현된다.

우리는 다음과 같이 프리먼의 소설 『게임은 진행되었다』에서처럼 어떤 텍스트들의 경우 '중립적' 입장에서 등장인물 명단을 제공할 수도 있다는 것을 보다 잘 이해할 수 있다:

주요 인물들:

로버트 모티머(은행 직원)

존 질럼(노름꾼)

아벨 웹(코프 냉장 회사 부책임자)

아서 벤슨(질럼의 사촌)

펙 박사(해군 군의관)

펜필드 씨(소송 대리인)

손다이크 박사

제르비 박사(그의 직원)

3) 희생자

희생자는 미스터리소설의 '구조적인 제약'이다. 왜냐하면 그는 사건 조사가 존재하기 위해 필요하기 때문이다. 이미 죽었건 빨리 죽게 되든 그는 텍스트의 앞부분을 주도하는 것이다. 희생자들의 유형으로서 또 다른 두 가지가 있을 수 있다. 첫째는 범인의 계획이(예를 들어 다른 주된 희생자들을 감추기 위해서 혹은 그를 보호하기 위해서) 필요하게끔 만드는 유형과 두번째는 우연히도 그 자리에 있었다거나 사건과 전혀 관계가 없게 만듦으로써 조사를 혼돈스럽게 만드는 유형이다.

만약 희생자가 전형적인 경우가 아니라면 최소한 그는 배경이 되는, 자신이 속한 집단 소우주내에서 어떤 가치를 지니고 있었음에 틀림없다. 희생자는 일반적으로 관련 고리의 중심부에 위치하는데, 사건 조사를 통해 이 고리의 기능과 목적을 밝혀내야 하는 것이다.

대개의 경우 미스터리소설에서는 희생자가 있게 마련인데, 왜냐하면 미스터리들, 떳떳하지 못한 사정들, 자신이 속한 소우주의 질서를 위반하는 행위들이 이미 사전에 너무나도 많이 축적되어 있기 때문이다. 재물이 된 희생자는 말해지지 않은 것을 밝히는데, 그는 스스로 개혁하거나 또는 자기 회원들이 스스로를 고쳐나가게 할 수 있을 관련된 집단을 '정화'하도록 한다(애거사 크리스티의 『오리엔트 특급 열차의 살인』 참조).

어떤 작가들은 변형된 유형의 희생자들을 등장시키기도 했었다는 것을 다시 짚고 넘어가자. 『희생자에게 돈을 겁시다』라는 작품에서 1944년말 북태평양의 한 군사 기지의 생활에 싫증을 느낀 군인들을 등장시키는 팻 맥저의 경우가 그렇다. 그들은 한 회사의 사장에 의해 저질러진 살인 사건을 보도하는 신문 기사 조각을 우연히 보게 되는데, 마침 그 군인들 중의 한 명이 입대 전에 그 회사에서 근무했었던 것이다. 따라서 범인의 이름은 알지만 희생자의 이름은 모르는 상태(왜냐하면 기사 조각이 낡았기 때문이다)에서 그들은 그 회사에 근무했었던 동료 군인으로부터 그 회사 이사회를 구성하는 열 명의 이사들에 대한 설명을 들은 후 희생자가 누구인가에 대한 내기를 하게 된다. 『살인하는 여인들』에서 팻 맥저는 첫번째 부인, 아직 이혼하지 않은 두번째 부인, 그의 정부 그리고 임신한 미래의 부인을 동시에 초대한 한 남자를 작품 인물로 등장시킨다. 독자는 그녀들 중의 한 명을 그 남자가 죽이고 싶어한다는 것과 작품의 첫 두 페이지에 노출되는 예상을 통해 어느 한 명은 아파트에서 떨어져 자살한다는 것을 알고 있다. 그러나 세 여자들 중 누가 희생자가 되는지 알기 위해서는 소설 전체를 읽어야만 하도록 되어 있다.

4) 사건 조사자

희생자는 게임의 외부에 있고, 범인은 가려져 있기 때문에 사건 조사자는 용의자들과 더불어 무대의 전면을 차지한다. 미스터리소설의 필수적 인물인 그는 관찰과 해명의 메커니즘을 구체화시키며, 미스터리의 해결을 실체화시키고, 서술화시킨다.

우리는 아마 사건 조사자의 주된 특징들을 나열할 수 있을 것이다. 사건 조사 활동을 통해 개인적인 이익을 취할 수도 있겠지만 사건 조사자는 흔히 그러한 이익과는 관련없는 딜레탕트하고 식견 있는 애호가일 경우가 많다. 독창적이고 가끔은 한가하게 여겨지는 사건 조사자는 자주 경찰 제도의 틀 밖에서 활동한다. 그는 자신의 지적인 능력들을 이유로 우월하거나 혹은 그렇다고 느끼고 있다. 이러한 능력들은 그의 신체적인 능력들보다 훨씬 더 발달되어 있는데, 더욱이 훨씬 흔히 있는 경우로 그는 거의 움직이지 않거나 어렵게 움직인다(심지어 어떠한 상황에서는 도움을 받기도 한다). 그는 글자 그대로 안락의자에 앉은 탐정인 것이다. 다행스럽게도 그의 사건 조사 과정은 비정한 탐정의 유형과는 반대로 위험을 거의 동반하지 않는다. 또한 그의 지적인 비대는 종종 있는 감정적인 고독의 대가이기도 하다. 게다가 그는 많은 경우들에서 자신한테 만족하고 있다. 신체적인 특징은 이 인물(파이프에서부터 난초들에 이르기까지)을 상징하고 인간적으로 만드는 데 기여한다.

그는 관찰하며, 경청하며, 말하게 만들며, 단서들과 증언들을 수집하며, 자신의 사건 수사 방식을 능숙하게 설명하는데, 일반적으로 사람에 대해서이건 사물들과 사실들에 대해서이건 높은 수준의 지식을 지니고 있다.

사건 조사 과정에서 그가 설령 모든 사람들과 모든 것에 대해 의심을 갖는다고 할지라도 그가 사회와 맺고 있는 관계는 반체제적인 경우가 드물다. 기껏해야 그는 사회에 대해 환멸을 느끼는 정도이다.

그는 범인들과는 거의 관련이 없으며, 단서들을 남기지 않으려는 그들의 능력과, 작가들이 독자들과의 관계에 있어 그런 것처럼 자신들로 하여금 은유적으로 그리고 간혹 실제적으로 지적 유희에 동참하도록 해주는 범인들의 지능에 의해서만 범인들을 평가할 뿐이다.

자크 루보Jacques Roubaud가 『아름다운 호르텐스』(람세스, 1985)에서 말한 것처럼 "탐정은 반복해서 살인을 저지르는 범죄자와 같다. 그는 용의자들을 한 명 한 명 제거해나가기 때문이다"라는 점은 주목할 만하다.

수요와 공급이라는 경제적 개념을 서술적이며 허구적인 세계에 적용해본다면 어떠한 면에서 자기 작품들의 아들이기도 하며, 결국 마지막 순간에는 살인자를 처형하는 인물인 사건 조사자의 필요성을 만들어내는 것이 바로 살인자라는 것 역시 매우 흥미로운 사항이다.

그다지 놀랄 일은 아니지만 결말 부분은 흔히 사건 조사자에게 있어서는 지적인 희열을 맛보는 대목이며, 범인에게 자신이 범인보다 한 수 위임을 과시하는 공간이 된다.

5) 살인과 살인자

미스터리소설에서 살인 사건은 일반적으로 특이한 경우들이 많다. 그것은 그 사건이 발생하는 세계에 있어서 유례없거나 스캔들적인 사건이다. 게다가 살인자는 그러한 세계의 구성원이기까지 하다. 상습범도 갱 조직의 구성원도 정신병자도 드물며, 더더욱 다른 사회 계층에서 출생한 개인도 드물다(전과자라거나 정신병자라고 한다면 그는 사실상 살인 사건의 일차적인 용의 대상이 될 것이다).

그는 일관성 있는 방식으로 일을 처리하며, 치밀하게 자신의 범죄를 은폐한다. 어떠한 면에서 그는 지적인 측면에서 자극시키는 '탐정의 반대 유형'인 셈이다. 사건 조사자와 독자에 대항해서 그는 자신의 행위와 서술상 드러나는 명료함들로부터 흔적들을 제거하고 혼란시키며 그들로 하여금 잘못된 해석을 유도하려고 한다.

그의 동기는 금전 · 야심 · 사랑 · 질투 · 증오 · 복수 · 정의에의 갈망 등 복합적이다. 그가 사용하는 수단들도 다양하다. 독극물, 화기 또는 칼, 폭행, 교살, 감염, 추락, 질식, 그리고 가끔은 매우 정교한 메커니즘을 동원하기도 한다.

아니 콩브(1989), 자크 뒤부아(1992) 그리고 프랑수아 르 리오네 François Le Lionnais(「추리소설의 구조: 범인은 누구인가?」, 『울리포: 잠재적 문학』, 갈리마르, 1973)의 견해에 따르면 살인과 살인자들을 둘러싼 여러 가지 가능한 변형들을 연구해보는 것도 상당히 흥미로운 작업일 것이다.

사실 살인 행위는 발생하지 않았을 수도 있는데, 예를 들어 어떤 사람을 범인으로 몰기 위해 간혹 자살자가 자신의 자살을 타살인 것처럼 조작하는 경우가 바로 그것이다(카의 『스코틀랜드식 자살』, C. 도일의 『토르 다리의 문제』, 르블랑의 『호랑이 이빨』).

범죄자는 또한 사람이 아닐 수도 있다. 그것은 사물이거나 동물인 경우이다(포의 『모르그[영안실이라는 뜻: 옮긴이] 가에서의 이중 살인』). 또한 범죄자는 마약이나 최면술 등에 의해 조작된 중개 매체(콜린스W. Collins의 『월석』 참조)일 수도 있으며, 다중적일 수 있다(애거사 크리스티의 『오리엔트 특급 열차의 살인』, 스티먼의 『살인자는 21번지에 거주한다』 등). 그는 의혹을 다른 곳으로 돌리기 위해 다른 범죄자와의 계약하에 그의 범죄를 교환할 수 있었을 것이며, 따라서 그의 범죄 동기도 다른 것과 교환된다(하이스미스의 『북부 고속 열차의 미지의 인물』 등).

다른 변형들도 역할들과 그 서술 방식에 관련될 수 있다. 이렇듯 범인은 혈연에 의해서 희생자와 연결되어 있든지 아니면 의사, 목사, 변호사, 교수, 경찰과 같이 그의 사회적 지위와 반할 때 보다 깜짝 놀랄 효과를 가져올 수 있다. 심지어 그는 사건 조사자 또는 조수들 중의 한 명(스티먼의 『무적의 실러스 로드』, 자프리조의 『살인자들의 객실』 등), 심지어 희생자들 중의 한 명(애거사 크리스티의 『열 개의 인디언 인형들』 등)일 수 있다.

이러한 변형들이 픽션의 틀에서 벗어나게 되면 더욱더 놀라운 효과를 지니게 된다. 그래서 애거사 크리스티는 『로저 애크로이드의 살인』과 『끝나지 않는 밤』에서 화자를 범인으로 만들어버렸다. 작가로서는 화자를 범인으로 만드는 일만 남았었던 것이다.

우리가 미루어 짐작할 수 있듯이 게임은 시작되었고, 규칙들은 위반하기 위해서 만들어진 것이 아닌가.

6) 용의자

미스터리소설에서 용의자들을 강조한 것은 아마 자크 뒤부아(1992)의 공으로 돌아갈 것이다. 사실 그들은 탐정과 더불어 텍스트의 중심을 차지한다. 다른 인물과 독자들에게는 각각의 인물이 용의자인 것이다. 그리고 범인은 실제로 용의자들 중의 한 명이다.

미스터리소설의 핵심 인물인 용의자는 '그런 것'과 '그럴 듯하게 보이는 것'의 가능한 모든 경우들을 유기적으로 연결시킨다. 사건 조사와 동질적이며 사건 조사에 의해서만 존재할 뿐인 용의자는 결국에 가서는 무고하거나 범인으로 될 것이다. 그럼에도 불구하고 그의 존재에 의해 그는 어느 누구도 비밀 없이 또는 과거의 실책 없이 사는 것은 아니라는 것을 보여주게 될 것이다.

7) 미스터리소설의 결말

미스터리소설의 결말은 결코 쉬운 부분이 아니다. 사실 이 부분에서는 이중의 긴장 구조가 작동하고 있다. 텍스트의 서술성과 설명적 · 논증적 그리고 교훈적인 최종 담론 사이에 형성되는 긴장이 있는데, 미스터리의 이점과 해답의 이점 사이에 존재하는 긴장이 바로 그것이다. 손에서 책을 놓지 못하게 하던 미스터리에 대한 해답은 의외로 '간단하게' 얻어지든지 아니면 해답이 기술적으로 너무 복잡해서 오히려 지루해져버리든지 해서 흔히 실망스러울 때가 적지 않을 것이다.

허구적인 관점에서 본다면 징벌과 보상은 부차적이며, 텍스트 외부의 몫으로 내던져지거나 또는 암시적이다. 그것들은 탐정보다 독자의 관심을 더 끄는 부분에 속한다. 이런 소설에서 흔히 그렇듯이 신체적인 것과 사회적인 것은 이야기 전개에 유용한 상황에서 종속적인 지위로 끼여들 뿐이다. 그것들을 강조하는 것은 소설의 목적을 다른 곳으로 옮겨가게 만드는 행위일 것이다. 따라서 범죄는 구실이며, 그것에 대한 징벌은 텍스트가 끝난 후의 일이다. 가장 중요한 한 가지는 바로 인식적인 승리이다. 다시 말해 미스터리의 해결을 고대하던 주역들에 의해 인정될 수 있는 범인과 진실의 발견이다.

이론의 여지가 없었던 질서는 이렇게 마지막 부분의 설명적인 언술의 명확성을 통해서 다시 세워지는 것이다. 살인, 그 동기와 정황들, 조사의 전개 과정, 각 인물들의 사소한 비밀 등 모든 것이 밝혀진다. 그러한 것들로부터 비쳐나오는 빛은 등장하는 암흑의 순간순간적인 성격을 보여준다. 게임의 목적은 달성되었으며, 범인은 장기 게임에서 패했고, 퍼즐은 재조립된다.

형식적으로 볼 때 해답을 언술하는 담화는 다음과 같은 4개의 요소들로 구성되어 있다: 사실과 증언들로부터 추출되는 단서들의 요약 정리, 그 단서들에 대한 분석과 상호 연관성에 대한 검토, 범죄의 재구성, 범인 밝히기. 경우에 따라서는 게임의 규칙을 준수하는 이 범인이 몇몇 세부 사항을 수정시키게 할 수도 있으며, 몇몇 부족한 점을 보충시켜줄 수도 있다.

게다가 이 부분은 미스터리소설에서 아주 커다란 부분을 차지하기 때문에 사실들의 서술 이후에 여러 인물들이 자신들의 해답을 제시할 때 텍스트적인 상당한 중요성을 지닐 수 있다(세이어스의 『다섯 개의 거짓 단서들』, 콕스의 『탐정 클럽』 등).

8) 구축된 세계

미스터리소설은 닫혀진 세계, 일종의 연극 무대 같은 곳이다. 공간적으로 인물들은 조사 과정에서 이동할 수 없다. 장식은 그 기능성 때문에 존재하는 것이지 지형적인 혹은 사회적인 현실 때문이 아니다. 공간은 유일하며 닫혀 있다(예를 들어 애거사 크리스티의 『열 개의 인디언 인형들』에 나오는 섬을 들 수 있다). 미스터리가 최종적으로 밝혀졌을 때 주역들 전체는 '밀실'과 관련된 수많은 문제들처럼 이러한 종료를 구체화시킨다(르쿠르브 R. Lecourbe, 『가장 뛰어난 밀실의 이야기들』, 미네르브, 1988 참조). 또한 시간적으로 이 세계는 흔히 고풍스럽다. 어쨌든 이 세계는 범죄 발생 순간과 그 이전에 그리고 조사 과정 내내 고정되어 있다. 사회적으로 볼 때에도 그 세계는 닫혀 있다. 이 세계는 '하층 계급'(또는 하층 계급이 그곳에 들어가게 될 때 그는 『오리엔트 특급 열차의 살인』에서처럼 죽음을 맞게 된다)의 계층간 상호 침투와 소외된 자들의 부각을 거의 허용하지 않는다. 가난한 사람들, 악당들뿐만 아니라 정치, 역사, 섹스, 폭력 등이 등장할 무대가 아니라는 것이다. 따라서 부유층, 대저택들, 부르주아 저택들은 친구들간에 진행되는 살인 파티 murder-party의 이미지를 지니는 이러한 미스터리소설들이 특히 좋아하는 분위기이다. 살인은 이 세계에서 용납될 수 없는 것이기 때문에 소설의 연출에서 살인의 서술과 같이, 지적인 유희로부터 벗어나는 것은 피하려 한다.

이러한 현상은 미스터리소설이 좌파 성향의 많은 비평가들에 의한 것만큼이나 미국 범죄소설 작가들(특히 챈들러 참조)에 의해서도 비판을 받았다는 것을 설명한다. 그들에 따르면 결론에 이르러서도 사회 질서는 변하지 않을 것이고, 갈등은 '우월한' 두 개인 사이에서 순수하게 인지적인 것이며, 이 세계는 근본적으로 가치에 대해 이의를 제기하지 않는 부르주아적일 것이기 때문에, 이러한 종류의 소설들이 갖는 이데올로기는 우파적일 것이다. 소설은 결론 부분만 놓고 보는 것이 아니며, 소설 전반에 걸쳐 모든 사람들이 용의자이고, 무엇인가 혐의점들을 가지고 있으며, 범인은 흔히 이 세상을 가장 잘 드러내는 인물이며, 그리고 탐정의 외로움, 실망에 찬 그의 모습 또는 사회와 사회적 가치에 대한 그의 무관심이 실제로 존재한다는 것을 잊어버리면 이러한 비판은 아마 성급하다고 할 수 있을 것이다. 따라서 앞의 해석과 관련된 토론의 여지가 남아 있다.

III. 보충 자료

1) 확고하게 결정된 모델

미스터리소설의 모델은 아마 모든 추리소설들 중에서 가장 잘 확립되었을 것인데, 이 소설은 비평적인 글들, 규칙 체계 또는 패러디와 생겨난 많은 변형들에 의해서뿐만 아니라 소설의 생산에 의해서도 매우 일찍부터 그러한 모습을 갖추었다.

이렇듯 '밀실'의 문제들은 끊임없이 그 변형들을 통해 소개되었으며, 미스터리소설의 구조는 모든 측면에서 다루어졌다. 예를 들어서 로이 비커스Roy Vickers(1889~1965)는 '기결 사건 담당 부서'에 관한 많은 소설들을 썼는데 살인자, 살인 동기, 살인 방식, 희생자 등 독자는 범죄 사건에 대한 모든 것을 알고 있다. 그리고 소설의 관심은, 우연에 의해서

든 아니면 다른 사건 조사와 연관된 과정에서이든, 그의 상관인 칼슬레이크가 놀랍게도, 레이슨 사건 수사관이 살인 사건과 범인을 어떻게 밝혀내게 되는가로 옮겨간다.

이렇듯 미스터리소설은 기술적 변형들의 전체를 규정짓는 엄격한 코드화에 근거한, 문학 게임의 사건 수사적이며 기술적인 전통을 현대적으로 대변하는 글일 것이다.

객체화된 이 모델은 다양한 게임들(드바이저 F. Debyser, 『카드의 검은 패』, BELC, 1983 그리고 그가 제안하는 글쓰기의 행렬 참조)을 구축하고 알랭 드무종이 『부클라르 경찰서장의 사건 수사』(람세스)라는 작품에서 보여주었던 것처럼 사건 조사와 미스터리의 전통을 지속시키도록 허용하고 있다. 중심적인 위치를 제공하는 이 모델은 결국 연극 또는 라디오를 통한 많은 각색 작품들이 만들어지게끔 했다.

그러나 우리는 애거사 크리스티, 엑스브레야, 나이오 마시 또는 스티먼 그리고 심농의 작품들이 지속적으로 재발행됨에도 불구하고 이 장르가 진정으로 새롭게 변신할 수 있겠는가에 대해 질문할 수 있을 것이다. 폴 할터 또는 아만다 크로스Amanda Cross와 같은 유망한 작가들의 등장에도 불구하고 고정된 구조와 본격적인 지시적 기층의 배제는 미스터리소설의 장래를 재발행, 한정된 변형, 패러디, 텍스트 상호성에 대한 유희에 한정되게 한다.

2) 글쓰기에 대하여

미스터리 장르의 혁신 가능성은 상당히 관례적이고 다듬어진 글쓰기 형식으로 인해서 아마 줄어들 것인데, 이러한 종류의 글쓰기는 제기된 문제 뒷전에서 부차적인 역할만을 수행하고 파격적으로 다른 유형의 문체로써 인물들을 표현하는 것을 어렵게 만든다. 하지만 이것은(예를 들어 서술의 릴레이를 통한) 유머 또는 (인용, 암시, 모방 등을 통한) 텍스트 상호적인 차원에 대한 작업을 거부하지는 않는다.

그럼에도 불구하고 한 가지 사실은 강조되어야 하는데, 구조와 난해한 코드에 대한 게임은 작가들로 하여금 텍스트와 자신의 글쓰기에 대한 매우 엄격한 사전 계획을 갖추게끔 요구한다는 것이다. 소설 작업에 필요한 근거 자료들에 대한 염려는 반면에 부수적인 것으로 여겨진다(미국의 미스터리 작가들, 『추리소설: 이용법. 범죄 관련 글쓰기 매뉴얼』 참조).

3) 총서들과 텍스트 외적 요소(paratexte는 반(反)텍스트 또는 주변 텍스트로 번역하는 경우들이 있으나 본래의 뜻은 한 작품에 대한 이해에 있어서 제목, 저자, 출판 연도, 출판사, 표지, 삽화, 사진, 활자 형태, 활자 크기 등 텍스트를 제외한 모든 요소들을 말하는 것이다. 따라서 텍스트 외적 요소 또는 텍스트 주변 요소로 번역하는 것이 적당할 것이다: 옮긴이)

프랑스에서 '흔적' 총서를 비롯한 '올빼미' 총서가 경쟁할 수 있었다고 할지라도 미스터리소설의 대표적 총서라고 하면 아직도 '가면' 총서를 꼽는다.

이 총서들에 대해서는 관련 작가들과(보두 J. Baudou 그리고 쉴르레 J.-J. Schleret가 펴낸) 『가면의 진짜 얼굴』과 『올빼미의 변신』 같은 작품들에 대한 자료 목록을 통해 살펴볼 수 있을 것이다.

일반적으로 이 총서들은 소박한 체재로 남고, 급조된 표지의 글들은 몇몇 부분에서 손볼 여지를 남겨두고 있다. 책이라는 사물의 관점에서 볼 때 (흰색 표지가 노란색으로 바뀌었을망정) 미스터리소설은 대중소설이 지니고 있는 눈길을 끌고 컬러풀한 표지들과는 명백한 차이를 보이며 문학 작품들의 진지하게 보이는 체재를 흉내내고 있다.

4) 작가와 독자

한편, 작가들과 관련해서 우리는 상당히 높은 비율의 여성 작가들(폭력의 완곡화 때문일까?)과 지식인들(지적인 미스터리에 대한 매력 때문일까?)이 있음을 알 수 있다. 그러나 이에 대한 심도 깊은 본격적인 연구는 여전히 과제로 남아 있다.

독자층과 관련하여 현재의 연구들은 범죄소설 또는 서스펜스소설의 독자층과 어떤 차이점들이 있는지를 구분하는 데 어려움을 겪고 있다. 이 독자층은 아마 보다 두터울 것이며 미스터리소설의 재미는 오로지 인지적인 유희, 시니피앙에 대한 해석과 다시 읽어보는 행위에만 있다고 여기는 많은 현학적인 비평가들이 주장하는 양식들보다 더욱더 다양한 독서 양식을 보일 것이다. 이렇듯 많은 독자들은 한번 읽는 것에 만족하며, 범인이 누구인지 그렇게 열심히 분석해보지도 않으며, 흥미롭고 놀라기를 기대하고 있는 것이다. 그리고 독자들이 문제 해결에 동참하게 될 때 그들은 즉각적인 그들의 인상을 무시하고 경험적인 방식으로 진행시키든지, 다른 소설들을 읽은 기억으로 하든지, 아니면 가장 명민한 독자들의 경우 미스터리소설의 일반적인 규칙에 의거해서 진행시킨다(솔디니 F. Soldini, 『미스터리 추리소설의 독서에 대한 재판』, 박사 논문, 프로방스 대학, 1991 참조).

제4장
범죄소설

I. 구조적 구성 요소들

1) 유연한 구조

츠베탕 토도로프Tzvetan Todorov는 「추리소설의 유형학」
이라는 글에서 범죄소설을 미스터리소설과의 관계 속에서
다음과 같이 정의한다:

알아맞혀야 할 이야기라는 것은 없다; 그리고 미스터리소설
에 소개되어 있었다는 의미에서 미스터리라는 것은 없다. 그러
나 그렇다고 독자들의 관심이 그만큼 줄어드는 것은 아니다:
우리는 여기에서 완전히 상이한 두 가지 형태의 관심이 존재한
다는 것을 알아차릴 수 있다. 첫번째 형태는 호기심이라고 불
릴 수 있다; 그 움직임은 효과에서 시작되어 원인으로 향한다:
어떤 효과(시체와 어떤 단서들)로부터 출발해서 그 원인(범인
과 그가 범죄에 이르게 된 동기)을 찾아내야만 한다. 두번째 형
태는 서스펜스이며, 여기서는 원인에서 출발하여 결과로 이른

다: 작품은 우리에게 우선 원인들과 최초의 자료들(나쁜 작전을 준비하고 있는 악당들)을 보여주고 우리의 관심은 앞으로 다가올 것, 다시 말해 효과(시체들, 범죄, 말다툼들)에 대한 기다림으로 인해 고조된다. 이러한 종류의 관심은 미스터리소설에서는 생각할 수 없는 것이었는데, 왜냐하면 그 주요 인물들(탐정, 그의 친구, 화자)은 정의상 모든 사건 사고에서 벗어나 있기 때문이다: 그들에게는 어떠한 일도 발생할 수 없었다. 그러한 상황은 범죄소설에서는 뒤집어진다: 여기서는 모든 것이 가능하고 탐정은 자신의 건강, 아니면 목숨이 위협받기도 한다. (『산문의 시학』, 쇠이유, 1971)

이러한 구조의 유연성은 여러 가지 중요한 결과들을 가져온다. 우선 이야기 진행은 범죄 행위와 일치할 수 있으며, 관심은 원인에서 효과로, 회상에서 조사로 옮겨갈 수 있다. 실제로 범죄소설은 미스터리소설과는 반대로 범죄의 이야기와 조사의 이야기를 함께 (혹은 따로) 구체화시킬 수 있으며, 심지어 후자를 삭제하고 예를 들어 살인자와 그 이야기에만 집중할 수도 있다. 범죄는 어떤 순간에도 저질러질 수 있으며, 준비되고 반복될 수 있으며, 이러한 상황은 매우 다양한 유형의 시나리오들이 생겨날 수 있게 한다. 게다가 신체적인 대립은 핵심적이어서 인물들은 자신의 생명에 대한 위험을 무릅쓰며 배경이 되는 세계는 중요하며 기능적이다.

2) 의도하는 효과

여기에서는 모험소설(그렇다고 해서 이것이 사회적 비전에 대한 보충적인 관심을 배제하는 것은 아니다)의 전통을 따라, 미스터리소설에서 핵심을 차지했던 지적이며 인지적인 유희가 감동과 동일시의 체험에 자리를 내어준다. 열렬한 흥미를 유발시키는 것은 모험들(대결, 에로티시즘 등), 인물들 그리고 그 세계이며 격렬한 신체적 움직임이 이야기 전반에 걸쳐 나타난다. 대중소설에서처럼 독자는 숨을 죽이게 되는 것이다. 누가 과연 승자가 될 것인가? 어떠한 희생을 치르게 되는가? 어떠한 상황이 발생할 것인가? 이야기는 어떻게 끝이 날 것인가?

미스터리소설의 수수께끼 같은 모습은 어쩌면 '옳은 실을 잡아당기고,' 상대방이 정체를 드러내고 실책을 범하도록 하기 위해 '일격을 가하고,' 무늬말벌집을 발길로 걷어차 뒤집으면서 독자가 암중모색으로 사건을 해결하고자 하는 뒤죽박죽 또는 혼돈의 상태라고 할 것이다. 아니면 물론 불운, 권태의 악순환, 범죄물 시리즈 등과 다를 바 없을 것이다.

3) 지식의 위치와 역할

이러한 배경으로 인해 미스터리소설에서는 중요했던 지식적인 요소는 범죄소설에서 모험과 인물에 비해 부수적인 요소가 된다. 모든 경우들이 가능한데, 독자는 사건 조사자(만약 그 인물이 등장한다면)만큼 많이 알고 있거나 적게 알고 있다.

지식은 근본적으로 극적인 분위기 연출에 기여한다. 이러한 기여는 우선 독자의 호기심을 일깨우고, 이어서 그를 고통에 빠뜨리며, 마지막으로 이야기의 전개와 관련된 중요한 정보들을 감추어 놀람의 효과를 가능케 함으로써 이루어진다.

그것은 부수적으로 이 장르의 사실주의와 사회 비판의 의지를 강화하는 데 이용된다. 이것은 또한 장소, 무기, 묘사된 환경 등과 관련해서 작가들의 근거 자료 수집에 대한 고민을 말해준다.

4) 서술적 담화 사례

오히려 그와 반대로 이 모든 것은 작가가 다양하고 복잡한 서술 방식을 맘껏 활용하는 노력을 방해하지 않는데, 그만큼 작가와 독자 사이의 페어플레이와 관련해서 어떠한 제약도, 어떠한 규칙 체계도 독서상의 그러한 유희들을 제한하지 않는다. 지배하는 두 개의 서술적 형식은 화자의 전지성과 반대에 위치한다. 우선 이야기는 주요 인물들(조사자, 범인 또는 희생자) 또는 많은 인물들과 그들 관점의 언술을 통해서 알려진다. 다시 말해서 서술 형식은 삼인칭이거나 일인칭이며 관점은 '내부적'이다. 독자는 등장인물이 알고 있는 것을 모르거나 그 정도만 알고 있는데, 이것은 동일시 또는/그리고 놀라움의 효과를 증가시키는 역할을 한다. 아니면 이야기는 독자들보다 더 모르는 것처럼 보이며, 행위들과 인물들을 단순히 외부에서 지켜보고 '기록하는' 것에 만족하는, 눈에 드러나지 않으며 중립적인 서술자를 통해 구성된다. 이것과 관련하여 우리는 이론적인 측면에서 등장인물들의 머릿속에서 발생하는 것은 그 누구도 모른다라는 차원에서 '행동주의 심리학적' 글쓰기에 대해 설명한 적이 있다. 헤밍웨이 또는 해밋에 의해 그려진 이 모델은 특히 프랑스의 소설가들과 '누보 로망 작가들'을 많이 현혹시켰으며, 망셰트는 『엎드린 사수의 위치』에서 그것을 체계화시켰다. 어쨌든 이 두 개의 서술 형식에서 등장인물들이 처하게 되는 세계는 비판적인 질문의 대상이 된다. 그 세계의 의미는 교란되거나 그것을 거부하는 세계관과 대항하게 되거나 또는 뚜렷한 세계관 없이 전달된다.

게다가 서술에 대한 변형들은 다양하다. 우리는 가장 의미 있는 것들 중의 몇 개를 지적하는 것으로 만족하고자 한다.

찰스 윌리엄스는 『시골뜨기들의 시끌벅적한 잔치』에서 코믹스럽게 만들 의도를 가지고 내부적인 초점 맞추기를 완벽하게 이용한다. 그 내용은 아직 세상의 모든 이치를 이해하지 못하는 일곱 살 된 어린 소년에 의해 이야기되어진다. 이 작품은 수사 당국을 우습게 여기고 '실종된 여인 찾기'라는 사기극을 꾸며 일확천금을 손에 넣게 되는 소년의 아버지와 삼촌에 의해 계획된 일련의 사기 행각에 대한 것이다. 사실 그 여인을 감추어두고 있는 것은 바로 그들인 것이다.

『헬럴리』에서 짐 톰프슨은 세계관의 복합성이라는 소재를 다룬다. 이야기는 한 작은 도시에서 일생을 자기 방에서 홀로 살며 전화를 통해 이웃의 험담을 늘어놓는 뤼안느 드보르 Luane Devor라는 인물을 중심으로 이루어진다. 모든 주민들은 무엇인가 감출 것이 있고, 다들 그를 죽일 만한 충분한 이유들을 가지고 있다. 작품은 이러한 잠재적인 범인들의 연속적인 독백들을 그대로 전하는 12개의 장으로 이루어진다.

리처드 닐리 Richard Neely는 『사형 집행인』에서 다른 많은 작가들처럼 인격의 이중성을 감추기 위해 이러한 세계관의 변화들을 이용한다. 램버트 포스트 Lambert Post는 신문사의 광고 담당 말단 사원이다. 어린 시절 아동 학대의 피해자였던 그는 여자들을 통해서 자기 어머니에 대한 복수를 하고자 하지만 매우 내성적인 이유로 동료 직원이며, 생각이 확고하고 커다란 매력을 지닌 찰스 월터 Charles Walter의 손아귀에 들어간다. 이 인물은 미망인과 이혼녀들을 찾아내서 전화로 그들과 약속을 한다. 약속 장소에 나가는 것은 램버트이지만 그는 모욕을 당한다. 그때 자신의 친구에 대한 복수를 하기 위해 찰스는 그녀들을 모두 죽인다. 뉴욕의 모든 수사 조직은 범죄 담당 기자인 모리 리안과 전화로 의사 소통을 하는 살인자를 추격한다. 결국 살인자는 모리 리안에 의해 이중인격 증세를 가지고 있는 램버트 포스트임이 밝혀지는데, 이러한 사실은 모리 리안, 신문 기사, 램버트 포스트 또는 찰스 월터에 의해 차례차례 진행되는 서술자의 교체 과정에 의해 감추어져 있는 것이다.

프레데릭 다르는 『개새끼들은 지옥에 떨어질 것이다』에서 매우 정교한 방식으로 인물들의 서술과 발신자들 destinateurs 에 대한 유희를 한다. 첫번째 장(이탤릭체, 일인칭, 과거형으로 되어 있음)은 어떤 살인자와 그 조직을 적발하기 위한 목적으로 '영감태기'라고 불리는 사장에 의해서 스파이로 가장해 체포된 다른 스파이가 수감된 감방에 들어가 그와 같이 탈출하는 임무를 부여받은 한 인물에 의해 이야기되어진다. 이야기하는 인물은 이름도 없고 그에 대한 묘사도 없다. 작품의 나머지 부분은, 서로 의심하고 있지만 같이 탈출하게 되는 프랭크와 헬이라는 두 명의 수감자에 대한 이야기를 서술하고 있다. 서술 형식은 삼인칭/과거형으로 되어 있으며, 프랭크가 헬을 죽이는 마지막 순간까지 누가 '선한 자'인지 모른다. 이탤릭체로 되어 있는 마지막 세 페이지에 이르러서야 프랭크가 일인칭으로 이야기하게 되는 것을 다시 보게 된다.

조제프 비알로 Joseph Bialot는 『바벨-시티』에서 서술 방식의 변형을 보충적으로 시도했다. 파리 시의 한 구역인 벨빌에서 사이비 종교에 속해 있는 여러 명의 여인들이 자살한 사건이 발생한다. 늦게까지 귀가하지 않은 부인 플로랑스를 염려 속에 기다리고 있는 목제가구 세공사인 베르나르는 여러 번에 걸쳐 공격을 받게 되며 눈(雪) 위에 아무런 흔적을 남기지 않는 엄청나게 큰 개를 목격한다. 사실 베르나르는 정신병을 앓고 있었던 것이며, 범인은 결국 자기 자신이었다. 그는 환영 속에서 플로랑스뿐만 아니라 환영에 계속 나타나는 그의 개까지 죽인 것이다. 이 작품의 첫머리에 명구 형식으로 적혀 있는 정신 분열에 대한 라잉 R. D. Laing의 인용문을 충분히 이해하지 않은 독자는 아마 작가가 의도하는 서술 방식에 의한 함정에 빠졌을 것이다. 이 경우에 대상으로서의 책 그 자체도 연출된 장치에 참여하게 된다.

또한 독자들 중에서 우연하게 자신의 희생자를 선택하게 될 살인자에 의해 인쇄된 유일한 한 권의 책이라고 상상하며, 화자 역할을 하는 작가를 범인으로 만들고 서술자 역할을 하는 독자를 희생자로 만드는, 우리가 알고 있기로는 유일한 작품인 『뒤돌아보지 마시오』라는 단편소설에서 프레데릭 브라운 Frederic Brown이 보인 것과 같은 역할에 대한 유희를 예로 들 필요가 있다. 따라서 독자가 이 책을 읽거나 혹은 구입하는 행위는 독서를 마치는 순간 자신(독자)을 처치당하게 될 희생자로 만드는 것이다.

거의 모든 그의 소설들이 보여주듯이 세바스티앵 자프리조 같은 작가들은 서술과 관점의 유희에 있어 대가들이다.

II. 허구의 구성

1) 행위, 주제 그리고 장면

범죄소설에서 폭력과 행위들은 핵심적인 위치를 차지한다. 살인은 가끔 매우 상세하게, 그리고 음산한 세부 요소들을 동원해서 묘사될 수 있다. 위험과 죽음은 지속적이며, 그것들은 일상사에 속해 있다. 그것들은 그 세계의 규율을 형성하고 있는 것이다.

매우 다양하게 나타나는 싸움, 강압적인 심문, 폭행, 추적, 살인의 장면들 또는 약간은 다른 장면들이기는 하지만 계약 또는 에로티시즘의 장면 등, 전형적인 장면들은 그 자체로서 벌써 흔적들을 지니고 있다. 대화들은 격투와 세력 관계의 흔적들을 지니고 있는데, 협박 또는 비하하는 호칭들이 그러한 것을 증명한다.

전기의 극치를 이룬 (특히 갱들의) 생애 이야기들(『알 카포네』『루이 베레티라는 자』 등), 피비린내 나는 무훈담들(『폭한들』『태연하게』 등), 살인 난투극들, 유괴, 청소년 범죄, 사례 연구(『보네트』『에바』『제로 씨』 등), 음모, 부패한 도시들, 악순환 고리에 갇힌 무고한 개인들, 인종주의 이야기, 비공개 사건들(『지나간 일』『플로리다의 파리동』 등), 은퇴하고 싶은 살인자들 등, 시나리오들 역시 매우 다양해졌다. 지시 대상의 비중과 연결된 구조적 유연성은 다양한 우화들이 생겨날 수 있게 한다.

츠베탕 토도로프는 앞에 인용되었던 「추리소설의 유형학」에서 다음과 같이 적절하게 지적하고 있다: "근대 범죄소설은 사건을 제시하는 방식을 중심으로 구성되었던 것이 아니라 특정한 집단, 인물들 그리고 특별한 풍속을 중심으로 형성되었었다. 다시 말해서 그 구성적인 특성이 그 주제에 있었던 것이다."

이것은 최소한 두 가지 결과를 의미한다. 첫번째는 흔히 무시되기도 하지만 (배경이 되는 도시들과 등장인물들에 대한) 묘사와 세부 서술에 부여되는 중요한 의미와 관련된다. 레이몬드 챈들러는 1948년 5월 7일의 편지에서 이 점에 대해 다음과 같이 부연 설명하고 있다:

아주 오래 전에 내가 대중지에 글을 쓰던 시기에 나는 다음과 같이 그렇게 한 대목을 썼다. "그는 차에서 내려 햇빛이 쏟아지는 보도를 건너 가게의 입구까지 갔다. 차가운 물줄기처럼 그림자가 그의 얼굴에 드리워졌다." 그들은 내 이야기를 출판할 때 이 부분을 잘라버렸다. 독자들은 이러한 종류의 글들이 있는 부분을 좋아하지 않았다. 왜냐하면 그것은 등장인물들이 취하는 행위의 진행을 늦추기 때문이다.

그래서 나는 그와 반대되는 것을 증명하기를 원했다. 내 이론에 따르면 독자들은 자신들이 단지 행위에만 관심을 갖는 것

116

처럼 믿고 있을 뿐이라는 것이었다. 그러나 사실 그들은 그것을 알고 있지 못했으며, 그들이 좋아하고 나도 좋아했던 것은 대화와 묘사를 통한 감동의 창조였던 것이다. 머릿속에 남고 마지막까지 사로잡는 것은, 예를 들어 한 사람이 살해되었다는 것이 아니라, 그의 얼굴이 긴장된 표정을 하고 있으며, 입 모양은 비죽거리며 웃듯이 벌려져 있고, 죽음은 그가 생각하는 생의 마지막 것이라고 할지라도, 그가 죽을 때 반질반질한 책상 위의 클립을 하나 잡으려고 하는 중이었는데, 그것이 미끄러지기 때문에 계속 놓치고 있었다는 것이다. 심지어 그는 죽음이 문에서 노크를 하는 것도 듣지 못했다. 이 지랄 같은 작은 클립은 손가락 사이에서 계속 미끄러지고 있었던 것이다. (레이몬드 챈들러, 『서간문』, 미셸 도위 옮김, 크리스티앙 부르주아, 1970)

두번째 결과는 범죄에 대해서는 거의 혹은 전혀 어떤 의미도 부여하지 않는 플롯 때문이 아니라 소설의 주제로 인해 이 장르의 고전이라고 여겨지는 소설들의 출판과 관련된 것이다. 호레이스 맥코이의 『말들을 잘 죽인다』, 토끼 경주에 심취한 짐 터너의 이야기를 꾸민 버넷의 『다크 해저드』(1933) 또는 시카고 소재 베닝턴 당구 학교의 자랑거리인 '미네소타 패츠'로 불리는 조지 이저먼을 물리치기로 결심하게 되는 무명의 당구 선수인 '전광석화 같은 에디'라는 별명을 가진 에디 펠슨에 대한 이야기를 적은, '범죄 시리즈'에서 지속적으로 재출판되는, 월터 S. 테비스Walter S. Tevis의 『사기꾼』(1961)이 이러한 경우에 속한다. 게다가 이 작품은 "독자에게 구멍 당구 교습을 강요하는 것에 대해 사과하며……"라는 말로 시작하는 마르셀 뒤아멜의 서문을 덧붙이고 있다.

2) '구체화된' 인물들

범죄소설에서 인물들은 '구체화된다.' 다시 말해서 그들은 심리를 가지고 있으며, 살과 피를 지니고 있고, 독자의 동일시와 감동을 끌어낼 수 있어야만 한다. 어떠한 경우——특히 '패배자들,' 살인자들 혹은 정신 질환자들의 경우——에는 소설은 하나의 사례 연구가 된다. 우리는 체이스의 『에바』, 존스R. P. Jones의 『보네트』, 트루먼 카포트Truman Capote의 냉정함에 대하여, 데이비드 구디스의 작품들 또는 짐 톰프슨의 작품들을 생각할 수 있을 것이다. 『내 몸 속의 악마』에서 경찰이 된 의사의 아들인 루 포드는 복수심에 불타 자기 주변의 모든 사람들을 죽인다. 그리고 『적지만 멋진 몫』에서 입양된 아이인 더스티는 여성들과의 관계에서 발생하는 자신의 문제들을 극복하지 못한다. 또한 『분노의 밤』에서는 작고 결핵 증세가 있는 살인자 리틀 비거가 애정을 지니고 있는 유일한 사람인 러스에 의해 배신당하게 된다.

인물들의 구성에서 다음과 같은 두 개의 차원이 흔히 부각

된다는 것을 볼 수 있다. 첫번째 차원은 어떤 시리즈에서 나타나는 것처럼 선과 악의 대립과 같은 인물들간의 대립이며, 두번째 차원은 어떤 주인공들(특히 탐정들)의 가치들과 그 가치들이 상실되도록 하는 '퇴보된' 세상과의 갈등이다.

어쨌든 등장인물들은 사회적으로 볼 때 다양할 수 있고, 실제로도 다양하다. 최하층과 주변 인물들 위주의 소설을 넘어서 범죄소설은 사회적 혼합의 소설인 것이다.

또한 경직된 구조로 결정되지 않은 등장인물들은 매우 많을 수 있고, 심리적으로 다양하며, 말하는 방식에 있어서는 늦게 등장하고, 이야기가 전개되는 과정에서 변모의 과정을 거쳐 변신할 수 있다.

그들은 우리 문화의 신화적인 유형들을 창출해내기 위해 우리가 지니고 있는 집단 상상계의 확고한 '패배자,' 탐정, 운명적인 여인 또는 요부, 살인자, 부패한 경찰, 부정한 정치인 등의 이미지들과 일치한다.

3) 희생자

희생자는 모든 사람이 모든 순간에 생명의 위험을 느끼는 범죄소설에서 핵심적인 인물이다. 희생자는 그때부터 단 한 명일 수도 다수일 수도 있으며, 이야기의 현재, 과거 혹은 미래에 속할 수도 있다.

희생자는 사회적으로 볼 때 중요하거나 그렇지 않다. 희생자가 중요하지 않은 경우, 예를 들어 희생자는 그렇지 않았으면 무시되거나 연관되지 않았을 일련의 희생자들을 드러나게 만들 수 있다. 그는 의도적으로 혹은 우연히, 높은 수준의 책임 있는 위치에 있거나 그렇지 않은 상황에서 '무죄'(실수, 오해, 악순환 등)일 수도 있고, 주변의 부패에 연루될 수도 있다.

실제로 희생자는 자신의 생명을 무릅쓰기 때문에 그것은 모든 사람에게 닥칠 수 있는 역할이다. 그것은 목격자들뿐만이 아니라 탐정들의 경우(징후를 나타내는 방식으로, 해밋의 위대한 걸작인 『말타의 매』는 샘 스페이드의 동료인 마일스 아셔의 죽음으로 시작한다) 또는 더 나아가 살인자들의 경우(로버트 페이지 존스Robert Page Jones의 『카포』에서 심심풀이로 살인자가 된 자니 폴리첵은 자신의 유산을 상속할 여자를 만나게 될 것이다)에도 해당된다. 그것은 또한 모든 사람에게 맡겨졌던 역할이다. 사실 —그리고 그것은 아마 범죄소설과 그 비판적 세계관의 핵심적인 특징들 중의 하나일 것이다—, (살인자를 포함하는) 거의 모든 희생자들은 그들의 아동기에 있어 비참함, 부패 혹은 가정환경의 희생자들이었다.

각각의 인물들이 어떠한 의미에서 희생자이고, 그 누구라도 희생자가 될 수 있다는 것은 공격과 범죄가 일반화된 사회를 드러내며, 기능 장애가 규칙처럼 되어버린 사회의 퇴화상태를 증언하고 있다. 문화라는 겉포장의 미명하에 야만성은 다시금 그 세력을 되찾은 것이다.

4) 주인공과 반(反)주인공

여기서 주요 인물은 반드시 사건 조사자가 아니며, 그는 살인자 또는 악순환의 고리에 빠진 무고한 사람이 될 수도 있다. 사건 조사자의 경우에는 탐정, (장 아밀라의 『반항적인 경찰』에 등장하는 히피풍의 경찰에서부터 맥베인의 제8구 경찰서 장에 이르기까지 매우 다양한 형태를 지닌) 경찰, (얼 스탠리 가드너의 페리 메이슨 같은) 변호사, 신문 기자 또는 평범한 개인 등일 수도 있다. 흔히 애매한 모습을 지니는 이 인물은 반(反)영웅의 한계에 위치한다. 이 인물은 미스터리의 진상을 밝히는 것보다 갈등과 대결을 중심으로 해서 형성되기가 더 쉽다.

그러나 변호사 또는 기자와 더불어 탐정은 범죄소설에 있어 커다란 신화 또는 수수께끼 같은 인물로 남는다. 이론의 여지없이 우리는 그 인물의 두드러지는 몇몇 특징들을 끄집어낼 수 있다. '도시에 있는 미로의 측량사'라는 알랭 라콩브의 멋진 표현이 있기도 하지만 그의 사건 조사는 행위를 동반한다. 그는 끊임없이 움직이고 자신의 생을 게임에 던지며 갈등을 촉발시키고 상황을 유발시킨다.

사건 조사자는 절대로 사회적인 권력을 추구하는 자가 아니다. (설사 그가 그 기존 체제에 속할 수 있고, 그곳에서 자신의 친구들을 간직할 수 있다고 할지라도) 그는 체제와 거리를 두고, 흔히 그 체제와 갈등을 일으키는 고독한 인물인 것이다. 그는 체제의 비효율성 그리고 가끔은 그 부패에 대해 항의한다. 이러한 관점에서 볼 때, 그는 정의와 도덕 사이에 위치하는 일종의 중간적 인물인 것이다. 또한 이러한 거리 유지 및 대조는 서술적으로도 그 기능성이 있다. 즉 자신의 행위들과 움직임에 대해 자유롭고 법의 굴레와 상급자들에게 덜 종속된 그는, 보다 열려진 선택의 여지를 가지고 있는 것이다. 그리고 실제로 그는 (휠체어에 앉은 탐정과는 반대로) 여기저기에서 정보를 수집하고 모든 사회 계층들을 섭렵한다. 이러한 의미에서 그는 피카레스크적인 주인공처럼 여겨질 수 있을 것이다.

만약 사건 조사자가 금전을 위해서 계약을 받아들인다면 사건 조사는 금방 우정, 사랑 혹은 명예와 관련된 개인적인 사건으로 되어버린다. 왜냐하면 이 '타락한' 세계에서 그리고 추잡스럽고 실망스러운 겉모습의 뒤에서 그는 가치 있는 인간이기 때문이다.

사건 조사자의 신체적인 능력은 중요하다. 그는 흔히 남성들과는 폭력 관계를 가지며 여성들과는 성 관계를 갖는다. 게다가 이 같은 두 가지 경우에 (신체적 또는 애정적인) 상처와 죽음을 무릅쓴다고 해도 그러면서 그는 단서들과 고백들을 얻어낸다.

사건 조사자가 이용하는 방법들은 합리적이라기보다는 신체적이다. 그는 '일격'을 노리며, 주위 사람들을 걱정스럽게 만들며, 주변 사람들의 일에 끼여들며, 남자들은 흔들며, 여성들은 유혹하며, 감시하며, 자신의 정보 끄나풀들을 소집하며, 흔히 별로 내세울 만하지 못한 거래를 하기도 한다. 그리고 대체적으로 초반에는 우연한 계기로 움직인다. 이처럼 해밋의『에스텝 박사의 죽음』에서 탐정은 다음과 같이 말한다: "나는 내가 안개 속과 같은 상황에서 더듬거리며 앞으로 나아간다는 것을 인정하지만 일단 빛이 보이기만 하면 나는 그쪽으로 돌진할 것이며, 결국에 가서는 환한 곳에 도달할 것이다." 이어서 오랫동안 퍼즐은 (그 의미를 잃어버린 세계처럼) 해결되지 않은 채로 남아 있다. 탐정은 해답이 바로 자신이 도달할 수 있는 그곳에 있다는 것을 알고 있으며, 꿈 또는 일종의 기억 상실 상태에서 그가 핵심적인 무엇인가를 '잊고 있다'는 것을 그는 알고 있다. 설혹 가끔 아주 늦을지라도 결국 단어 하나, 사건 하나 덕분에 재능 또는 기지가 발휘되고 미스터리가 밝혀지며, 퍼즐은 다시 조립된다.

살인자와 사건 조사자의 관계는 흔히 애매모호하다. 탐정이 살인자를 쳐부수고 그들을 증오할지라도 그들은 어떤 경우에 동일한 사회 계층 출신들이다(스필레인의『살인자의 아가리』에서 살인자는 경찰의 쌍둥이 형제 중 한 명이며, 그 둘은 모두 거리에서 자랐다). 탐정은 살인자처럼 사회의 주변에서 성장하며 언어, 관습 심지어 가치들(남성다움, 개인주의, 프로의식)까지 공유하고 있다. 출신상 그는 틀림없이 노동자, 고용인, 부르주아들보다는 살인자들에 더 가까운 것이다.

그것은 타협과 은폐, 어두운 곳에서 일함으로써 밝히고자 하는 실제와 보이는 것 사이의 간격을 드러내는 역할을 한다. 실용적이고 불만족스러운 사건 조사자는 자신의 맹렬한 개인주의를 내세우며 세계와 끊임없이 대항한다. 이에 대해 알랭 라콩브(『미국의 범죄소설』, 1975, p. 79)는 "본질적으로 레이몬드 챈들러에서부터 찰스 윌리엄스까지, 데이비드 구디스부터 체스터 하임스까지 그것은 하나의 가능한 유토피아를 다양하게 표현하는 것일 뿐이다. 위계 질서와 세력 관계를 뒤집어엎는 한 개인의 유토피아인 것이다"라고 기술하고 있다.

그러나 이런 모든 것은 거저 얻어지는 것이 아니며, 그의 고독은 빈번한 일이다. 그것은 그의 자율성의 조건이지만 한편으로는 그가 부패를 받아들이지 않고 그 가치들을 부정하는 사회와의 단절, 악에 대한 끊임없는 투쟁 그리고 또한 지난날의 감정적인 상처의 결과이기도 하다. 고독하고 상처를 지닌 이 늑대는 불가능한 요정의 이야기를 추구하는 집행유예 상태의 사망자인 셈이다.

5) 살인과 살인자

첫번째로 드러나는 것은 범죄소설에서 모든 사람들은 살인자(애초에는 무고했던 자들, 수임자들, 탐정들, 경찰 등)가 될 수 있다는 것이다. 그것은 아마 독자들의 허를 찌르기 위한 의지의 표시라기보다는 개인적이든 혹은 집단적이든 폭력이라는 것이 그만큼 우리와 근접해 있다는 것을 알려주는 현상일 것이며, 이를 통해서 심지어 폭력에 빠진 사회에 대한 비판을 표현하는 것이기도 할 것이다.

사실 발생했거나 발생할 살인 사건은 고립된 사건이 아니다. 그 소재가 상습적 악당들(익명의 『나는 악당이다』, 오티스 H. 게이로드Otis H. Gaylord의 『카이드의 추락』, 트래버 R. Traver의 『한 살인 사건의 부검』, 톨랜드J. Toland의 『딜린저』 등)이건, 범죄 조직들이건, 기관의 보호를 받는 살인자들이건 또는 정신병적인 연쇄 살인범들(『노상의 살인자』 『르 그랑 뇔 파르』 등)이건 그 작품들은 사회의 작동 구조에 포함된 것들이다. 그리고 작품들의 형식들 또한 다양하다.

말하자면 살인은 그 빈도, 살인 행위에 의존하는 많은 인물들, 간혹 아주 정확한 사건 묘사, 살인자의 인물 묘사 등에 의해 핵심적인 의미를 차지하고 있는 것이다. 이러한 점에서 살인은 거의 강한 유혹이라고까지 말할 수 있을 것인데 알랭 라콩브(1975)는 다음과 같이 적절하게 표현하고 있다: "사실 범죄소설은 사건 조사에 의한 사건의 해결보다 살인 자체에

대해 더 많이 연구한다. 그것은 사회적인 것의 균열을 드러
내는 위반에 의해 생겨난다."

6) 등장인물에 대한 재론

강조될 필요성이 있는 세 가지 이유가 등장인물들에 대한
연구를 다시금 유발시킨다. 우리들이 살펴본 것처럼 첫째로,
모든 사람은 (어떤 살인자가 자신의 어린 시절에서는 희생자였
던 것처럼) 희생자, 사건 조사자 혹은 살인자가 될 수 있고,
그랬었으며, 그렇게 될 것이다. 그리고 어떤 경우에는 동시
에 여러 역할을 맡을 수도 있다. 묘사되는 세계와 관련하여
어떤 작가들이 독자를 혼돈시키기 위해 이용하게 될 역할의
본격적인 순환이라는 것이 있다(『신데렐라를 위한 함정』에서
자프리조 : 『모친 살해』에서 루A. Lous 등).

두번째로, 등장인물들의 한 부류는 아마 범죄소설에 있어
전형적인 인물 유형이라 할 수 있는 '패배자들'일 것이다. 패
배자들은 이 세상 도처에 있으며, 세상의 비관적인 분위기에
일조한다. 죽음이라는 것은 불운으로 얼룩진 인생의 논리적
결말이거나 아니면 이와 동일한 인생보다는 더 선호되는 것
이다. 맥코이, 구디스 혹은 톰프슨의 소설들은 그런 면에서
좋은 예들이다. 제임스 M. 케인의 『우체부는 벨을 두 번 누
른다』에서건 또는 다음에 인용된 것과 같은 데이비드 구디스
의 『가택 침입』에서건 이야기의 결말 부분은 이러한 현상을

매우 빈번하게 보여준다:

　　그는 물 속으로 들어가서 대양의 차가운 어둠 속에서 글라덴
의 흔적들을 향해 돌진했다. 그는 어떠한 희생을 치르더라도
글라덴을 다시 찾을 작정이었다. 머리 부분에 강렬한 고통이
느껴졌다. [……] 드디어 그는 두 개의 조류 사이에서 천천히
흘러가고 있는 그녀를 발견했다. 그의 머리는 그녀의 가슴 쪽
을 향해 숙여졌다. 그녀의 머리카락은 물 속에서 물결치듯 움
직이고 있었다. 그녀는 예전처럼 그에게 단지 은인의 딸일 뿐
이었을 때 그를 향해 팔을 벌리고 있는 듯이 보였다. 그는 그녀
를 잡을 수 있었고, 최후의 안간힘을 다해 그녀와 함께 수면을
향해 다시 솟아오르려고 했다. 그러나 때는 이미 너무 늦어서
그 둘은 함께 심연으로 가라앉고 말았다.

　　우리가 묘사한 유형들과 역할들을 상대화시키는 것이 결국
바람직할 것이다. 그것들 중의 어느 것도 고정되어 있지 않은
데, 그것은 아마 그들이 텍스트적인 장치에 있어 단순한 기능
으로 전락하지 않았고, 그들 각자가 줄거리 차원에서 놀라울
만한 다양화의 원인이 될 수 있었기 때문일 것이다. 우리는
그러한 사실을 남자 또는 여자, 젊은이 혹은 노인, 건장하거
나 혹은 그렇지 않은 (심지어 외팔 불구자), 이성 연애자 혹은
동성 연애자, 백인 혹은 흑인 등등이 될 수 있는 탐정이라는

인물을 통해 —— 탐정이 등장할 경우에 —— 살펴보았었다.

7) 이야기의 결말

이 세계에서는 잠재적인 징벌과 더불어 신체적인 대결과 그 결말에 많은 비중이 할당된다. 세 가지 경우들이 빈번하게 나타난다. (1) 이 징벌이 완수되지 않고 따라서 다시 한번 사회의 파탄을 드러내는 경우. (2) 이 징벌이 탐정 혹은 그 대리인에 의해 완수되는데, 따라서 이것은 진행된 투쟁의 집요한 성격과 그리고 흔히 정의를 수호하기로 되어 있는 체제들에 대한 불신을 드러내게 되는 경우. (3) 이 징벌이 이러한 체제에 위임되지만 그것이 단지 끝없는 전쟁의 임시적인 결말이라는 것으로 느껴지는 경우. 살인자 라벤은 그레이엄 그린 Graham Greene의 『청부 살인업자』에서 매우 인상적인 방법으로 다음과 같이 말하고 있다:

"전쟁은 누구에게도 고통을 끼치지 않을 것이다. 〔······〕 단지 그들에게 전쟁이라는 것이 무엇이라는 것을 약간 알려줄 것이며, 그들에게 자신들의 역겨움에 대해 알려줄 것이다. 나에게 있어 모든 것은 항상 전쟁이다."

말하자면 평온한 질서로의 회귀는 부질없는 희망의 성격을 띠고 있는 것이다. 보충적으로 보상은, 만약 그것이 존재한다면, 씁쓸한 뒷맛을 남긴다. 어느 누구도 이 비정한 싸움에서 상처없이 살아남을 수 없다. 손실은 경제적이거나 (돈만 생기면 다 써버리기 때문에 탐정은 부를 축적하지 못한다) 애정적이다(쾌락은 일순간이다. 탐정은 항상 후회 과정을 거치면서 역할을 수행한다. 이것은 아마 그의 사건 수사와 자율성의 조건일 것이다). 폴 벤자민의 『공포탄』에 등장하는 탐정은 이러한 차원을 명백하게 표현하고 있다:

사건 조사라는 것은 항상 더러운 작업이지만 범죄보다 더 최악의 상황은 아니며, 사람들로 하여금 그 어느 누가 아무리 그들을 도와주려고 굳은 마음을 먹는다고 해도 그들도 손해를 볼 위험이 있다는 것을 이해하도록 하는 것이 바람직할 것이다. 그것은 그 어느 누구도 승자가 될 수 없는 게임이다. 패배자들만 존재할 뿐인 것이다. 유일한 차이가 있다면 그것은 어떤 자들의 경우는 더 많이 잃는다는 것이다.

한편 미스터리소설의 마지막 결말에 드러나는 명쾌한 해결은, 결말 직후 혹은 그 이후에 폭넓은 미결 사항들을 남기는 매우 복잡한 플롯과 빈번하게 애매모호한 결말을 지니고 있는 범죄소설에서는 매우 드물게 나타난다는 것이다(해밋의 『말타의 매』, 챈들러의 『오랜 수면』, 또는 하임스C. Himes의 『권총을 가진 장님』 참조).

8) 연출된 세계

범죄소설의 세계는 미스터리소설과는 아주 다르게 근본적으로 열려 있다. 우선 공간적인 측면에서 이동, 추적, 여행들이 빈번하다. 시간적인 측면에서는 사회의 역사와 비교해볼 때 작품 내용을 구성하는 이야기는 매우 오랫동안 지속될 수 있거나 혹은 몇 년 후에 '다시 돌아오게'(복수의 주제) 할 수도 있다. 마지막으로 사회적으로도 열려 있는데, 왜냐하면 피카레스크소설에서처럼 인물들은 사회의 모든 계층들을 위에서부터 아래까지, 중심에서 주변부까지 또는 그 반대 방향으로 섭렵할 수 있기 때문이다.

이 세계는 몇 가지 예외를 제외하고는 근본적으로 도시적이다. 근대성, 이동성과 사회적 혼합, 합법적이거나 불법적인 가능성들에 대한 개방적 입장의 상징인 도시(버넷의 『아스팔트 정글』 참조)는 이 세계를 구체화하고 농축시킨다. 도시는 작가들을 매료시키며, 도시 정글을 구성하고 있는 폭력도 그것과 결부되어 있다. 폭력은 행위 초기에 이미 존재하고 있으며, 그 결말 이후에도 계속 존재할 것이다(그것은 또한 아주 단순하게, 하나의 생존의 수단인 것이다). 어둠이 내리면 도시와 폭력은 완전하게 자아 실현을 한다. 이 세 가지 구성 요소들의 결합은 (영화가 멋지게 보여주듯이) 범죄소설의 토대를 형성하게 되며, 제임스 이스트우드James Eastwood의 『제거해야 할 여인』이라는 작품의 도입 부분에서처럼 기가

막힌 다양한 묘사들을 만들어냈다:

> 이제 곧 새벽 두시가 된다. 도시는 잠자고 있다. 〔……〕 밤
> 하늘에 어렴풋한 모습을 보이고 있는 밀집된 백색의 높은 빌딩
> 들로 이루어진 도시 〔……〕 빈 거리의 도시, 너무 비어서 시동
> 걸린 채 멈춰 있는 자동차 한 대의 소리가 굉음처럼 들릴 정도
> 의 도시 〔……〕 빨간색과 흰색으로 된 유령들을 유혹하는 번쩍
> 이는 간판들로 장식된 도시 〔……〕 인간에 의해 창조되었으나
> 이 순간에는 그 인간에 의해 버려진 돌의 정글 〔……〕 악몽의
> 어떤 장면들같이 여겨지도록 무대 장치가 된 듯한 도시 〔……〕

이 세계에서는 사회적이며 정치적인 이야깃거리들이 도처
에 널려 있다. 언론은 전통적인 이야깃거리들에 대한 재료들
을 제공했다(이스트우드의 『가면을 벗어라』, 맥코이의 『수의(壽
衣)에는 주머니가 없다』 등). 사건 사고 또는 범죄 이야기들은
널려 있었으며, 조직 폭력 집단들과 경제 혹은 정치와의 관
계는 광범위하게 다루어졌다. 권력과의 관계들 또한 도시에
서의 폭력, 인종주의, 소년 범죄와 더불어 오랫동안 묘사되
었다(볼 J. Ball의 『한밤의 열기 속에서』, 하임스의 소설들, 코아뫼
르의 『붉은 밤』). 등장인물들은 당시 사람들이 겪은 전쟁의
흔적들을 지니고 있다(한국, 베트남, 알제리 전쟁 등). 프랑스
에서는, 네오 폴라르(신추리소설)가 이러한 흐름을 구체화시

켰으며, 디디에 다에닝크스 같은 작가는 알제리 전쟁에서부터 제2차 세계 대전까지 잊혀진 역사의 기억들에 대한 작업을 진행시켰다(『기억을 위한 살인들』『죽음은 아무도 잊지 않는다』 등).

실제로 '좌파 성향' 혹은 '우파 성향'의 소설가들(해밋, 스필레인, A. D. G., 망셰트)이 그러한 맥락에서 공통점을 갖는다. 원인 분석과 그 치료에 대해 동일한 견해를 가지고 있는 것은 아니었지만 그럼에도 불구하고 그들은 사회에 대해 환멸적인 비전을 드러낸다는 공통점을 보여주었다(외형적인 것들 뒤에 있는 모든 것들은 썩었다. 그리고 선인도 악인도 존재하지 않는다……). 이러한 것은 범죄소설이 어느 한 가지 특정한 이데올로기에 기반을 둔 것이 아니라는 것을 우리에게 보여주고 있다. 범죄소설은 모험소설과 증언 그리고 사회 참여라는 문학적 전통을 결합시켜놓은 것이다.

범죄소설은 그 형성 초기부터 챈들러가 해밋에게 바치는 유명한 다음의 글(「범죄처럼 간단한」에서)에서 의미했던 것처럼 사실주의에 대한 의지 속에 자리잡고 있다:

해밋은 길거리에 내다버리기 위해 베네치아식 항아리에서 추리소설을 끄집어내었다. 〔……〕 해밋은 냉정하고 의심스러운 눈초리로 인생을 바라보는 사람들을 위해서 글을 쓰기 시작했고, 그 행위를 지속했다. 〔……〕 작품의 추악한 측면은 사람들을 두렵게 하지 않았다. 왜냐하면 그것은 그들의 일상 생활과도 같은 운명이었기 때문이다. 폭력도 그들을 겁나게 하지 못했는데, 그들은 매일 폭력을 접하고 있었기 때문이다. 해밋은 작가에게 시체라는 소재를 제공하기 위해서가 아니라 진짜 이유가 있어서 범죄를 저지른 자들로 하여금 살인을 재현하도록 만들었다. 살인자들은 잘 준비된 결투의 총, 쿠라레독 혹은 열대지방의 독극물을 가지고 그러는 것이 아니라 그들이 가지고 있는 방법을 가지고 죽이는 자들이다. 그는 이러한 존재들을 있는 그대로의 모습으로 종이 위에 태어나게 했으며, 말하게 하고, 그들이 정상적으로 사용하는 언어로써 사고하게 만들었다.

그렇지만 사실주의에 대한 이러한 의지와 사회 정치적인 것에 대한 이러한 간섭과는 별도로 등장인물들이 항상 이 세계의 의미, 인생의 의미, 그들 생의 의미에 대해 한결같이 질문을 던진다는 것을 망각하도록 해서는 안 된다. 따라서 줄거리는 흔히 자기 탐구 또는 자기 정체성에 대한 탐구이다 (쉬트V. Chute의 『천사들의 케이블카』, 자프리조의 『신데렐라를 위한 함정』, 루의 『모친 살해』 등). 그것은 우리가 이 책의 마지막 장에서 다시 다루게 될 범죄소설의 핵심적인 차원과 관련된 것이다.

1) 열린 모델

범죄소설의 모델은 개방적이다. 그것은 미스터리소설의 모델보다 훨씬 덜 엄격하다. 사람들은 게다가 범죄소설을 규칙 체계로서 코드화하려는 시도를 아직 해본 적이 없었다. 이 소설은 행위소설, 심리소설(어떤 사례 연구들의 경우) 그리고 실험소설 사이에서 매우 다양한 작업의 실행을 가능케 한다. 이러한 의미에서 많은 작가들이 범죄소설에서부터 '문학적' 소설로 옮겨가고, 자신들의 작품을 소개하는 출판사 또는 총서들을 여러 번 바꾸는 것은 물론 우연이 아닐 것이다.

하지만 그 주제 또는 그 등장인물의 유형적인 차원에서뿐만이 아니라 그 행위의 시나리오 차원에서도 이 소설 모델이 상대적으로 안정화되는 상황이 존재한다. '암시적인' 소설의 비중이 크다는 것은 특별한 장르라는 것을 의식하고 있다는 것을 확인시켜주는 것인데, 더욱이 이러한 사실은 수많은 문학 비평에 의해 증명되기도 한다. 우리는 이러한 '암시적인' 면을 보여주는 세 가지 경향을 구분할 수 있다.

첫번째는 실의에 빠진 탐정의 사건 조사 이야기(크럼리 J. Crumley의 『마지막 입맞춤』, 벤자민의 『공포탄』 등) 또는 은퇴하고자 하는 살인 청부업자의 이야기(망셰트의 『엎드린 사수의 위치』, 모노리 J. Monory의 『다이아몬드백』 등)가 보여주는 것처럼, 상투적인 것들을 재작업하고 시나리오들을 정제함으로써 이 장르의 정수처럼 여겨지는 작품들을 뭉뚱그리게 될 것이다.

두번째 것은 사용된 어조를 세계와 대립시키는 해학적이고자 하는 작품들을 묶을 것이다(크랍 N. Crabb의 『파차쿨라에서는 음식이 맛있다!』, 웨스틀레이크의 『불같이 뜨거운 돌』, 윌리엄스의 『시골뜨기들의 시끌벅적한 잔치』, 클로츠 C. Klotz와 산 안토니오의 작품들 등).

세번째 조류는 희극에 대한 동일한 의지를 표명하지는 않지만 장르의 격자 구조화를 지닌 특정한 경향으로 진행되는 유머-패러디 조류일 것이다. 오래된 삼류 소설책의 수집가이기도 한 네임리스 Nameless라는 탐정을 등장시키는 프론치니의 소설들이 이러한 경우에 해당된다. 또한 마크 쇼어 Mark Schorr(『그런 꿈 꾸지 마라!』『라스베이거스로 향하는 택시』 등)도 그런 경우인데 '폭력적인' 범죄소설 수집에 열정적인 택시운전사인 주인공 사이먼 재프는 허구와 현실을 혼동한다. 『둘 중의 어느 것?』(이 작품에서 어느 추리소설 작가는 자신이 만들어냈지만 포기하고 싶은 한 탐정의 삶을 자기 인생처럼 산다)을 펴낸 멜 아리기 Mel Arrighi, 리처드 브로티건 Richard Brautigan(『바빌로니아의 어느 탐정』) 또는 프루테로와 루첸티니(『왕초의 밤』)도 이러한 경우에 해당한다.

하여튼 이들 모델은 폐쇄적이지도 않고 고착되어 있지도

않다. 이것은 사회 계층, 인물들 그리고 줄거리들(네오 폴라르가 이것을 입증한다)에 있어 지속적인 부활을 가능케 한다. 역사적이며 사회적인 정황들을 고려해보면 이러한 유연성을 대체적으로 설명할 수 있는 것이다.

게다가 이 장르는 다른 매체들로 광범위하게 전파됨으로써 이식성이 특별히 뛰어난 것으로 밝혀졌다.

그리하여 만화책과의 결합은 해밋이 쓰고 알렉스 레이몬드 Alex Raymond가 그린 『비밀 첩보원 X. 9』와 더불어 1934년부터 미국에서 시작되었다. 이러한 우호적인 관계는 줄곧 지속되어왔으며, 프랑스에서는 1980년부터 발전되기 시작했다. 망셰트(『발톱』)와 말레(『안개 낀 톨비아크의 다리』) 작품을 만화화한 타르디 Tardi, 골로 Golo의 『불량배를 위한 발라드』, 소칼 Sokal과 그의 탐정 카나르도, 샹탈 몽텔리에 Chantal Montellier와 『앤디 갱』, 장 클로드 클레이즈 Jean-Claude Clayes 와 『위스키 드림스』 또한 더 나아가 플로크 Floc'h와 리비에르 Rivière, 무노즈 Munoz와 삼파요 Sampayo, 고틀리브 Gotlib 등 많은 예가 있다.

이 장르는 처음부터 많은 시리즈물이나 연속극, TV 영화 등을 통해 바로 TV에 소개된 것은 아니었다. 아주 초기 단계부터 그 관계가 가깝고 상호 보완적이었던 것은 오히려 영화와의 관계에서였다. 대부분의 거장 영화인들은(호크스 Hawks, 레이 Ray, 웰스 Welles, 랑 Lang, 페킨파 Peckinpah, 샤브롤 Chabrol,

트뤼포 등) 추리소설들로부터 범죄 영화들을 만들었다. 작가들은 즉시 시나리오 작가로서 할리우드의 부름을 받았으며, 험프리 보거트와 로린 베이콜Laureen Bacall로 구성된 신화적인 팀은 많은 부분에서 이러한 이유로 소설 속의 등장인물들에게 영광을 돌려야만 할 것이다.

영화에서의 성공은 아마 독자의 시각화와 감동을 항상 배려하며, 설명적인 담화들에 너무 의존하지 않고 텍스트상에서 효율적으로 연출된 그 세계, 모험들과 등장인물들에 의해 설명될 수 있을 것이다.

2) 글쓰기에 대하여

범죄소설 쓰기는 중요한 의문과 실험 과제들을 던져주는 계기가 되었다. 사람들은 우선 이 소설의 신속성, 효율성과 더불어 앙드레 지드마저도 그렇게 탄복했던 사실적인 대화체에 대해 격찬했다. 그것은 아마 부분적으로 사실일지 모르지만 번역 과정과 편집 작업에서의 '삭제'에 따른 것일 수도 있음을 고려해야 할 것이다. 전집의 형식으로 재출판되는 경우들(갈리마르의 '누아르' 총서)을 살펴보면 문구의 간략함이라는 현상을 객관적으로 바라볼 수 있게 된다.

그렇다고 해도 최소한 초기 단계에 있어 '전통적인' 소설들과의 차이점 그리고 그 모델의 경직성이 부재하다는 이유로 범죄소설이 실험의 공간이라고 인식되는 것이 부정확한 것은 아니다. 그리고 여전히 자료 수집에 대해 염려하는 작가들은 글쓰기에 대한 많고 다양한 연습들을 증언하고 있는 셈이다(『미국의 미스터리 작가들』『탐정소설: 사용법. 범죄소설 쓰기 교과서』, 또는 뢰테르 Y. Reuter의 『추리소설과 그 인물들』 참조).

대화체를 통해서 구어를 텍스트화시키는 것은 사실주의적인 의도에서뿐만 아니라 이국주의적인 분위기를 연출하려는 의도에서 특별히 많이 연구되었으며, 사용된 은어는 미국의 소설가들에게서뿐만 아니라 알베르 시모냉의 작품에서도 독자들을 자주 놀라게 했다.

'행동주의적' 글쓰기는 한 권의 소설을 쓰는 동안 내내 흥미롭지만 중립성, 독자의 판단을 돕는 표식 또는 감동의 부재 등 계속 유지하기 어려운 문자적 제약을 만들어낸다.

효율적인 효과에 대한 우려는 시간적이고 서술적인 전환에 대한 작업을 하도록 유도했다. 그리하여 돈 트레이시의 『잠자는 짐승』에서 제2장은, 우선 백인 여자와 관계를 가지고 싶어하는 완전히 술에 취한 흑인 짐이 키티라는 창녀를 만나는 순간까지 묘사한다. 그리고 다음 부분에서는 자신의 집에 있는 키티, 그리고 집을 떠나서 짐이 그녀를 만나게 될 때까지의 상황을 그린다.

사람들은 또한 흔히 적절하게 '인상적인' 비교 또는 은유, 살인과 시체들의 생생한 묘사 또는 탐정의 목숨을 빼앗을 뻔

했던 맹렬한 총격전 후 콘티넨털 옵과 한 중국인 사이에 있었던 다음과 같은 대화의 단편(해밋의 『위장 범죄』에서)에서 볼 수 있는 것과 같은 냉소적인 완곡화에 대해 언급했었다:

리는 가르송을 조아하지 안치, 그러치요? 그는 서툰 발음으로 질문했다. '정말 좋아하는 것은 아니야'라며 나는 인정했다.

말 또는 사건을 강조하려고 부각시키는 행위, 어조에 아직 몇 가지의 과격한 단절 현상들을 첨가해야 할 것이다. 주인공과 그의 '여자 친구'를 등장시키는 짐 톰프슨의 『제로 씨』에서 인용되는 다음과 같은 장면에서 바로 이러한 경우가 발견된다:

너에게 할말이 있다, 데보라. 너는 절대 죽지 않을 것이다. 너는 죽음이라는 운명을 가지고 있지를 않아. 오로지 삶의 운명만을 가지고 있지. 웃음, 온기, 빛들이 있는 한은, 어떠한 향수도 생각해내지 못한 그윽함을 지닌 감미롭고 부드러운 살이 있는 한은, 손바닥으로 잡을 수 있는 젖가슴과 쓰다듬을 수 있는 엉덩이가 있는 한은 [……], 너는 살 것이다, 데보라. 너는 절대 죽지 않을 거야.
얼마나 아름다운가! 내가 네게 뭐라고 말해주기를 원하고 있니?

말 좀 해봐. 제발 부탁이다. 죽는다는 것은 개의치 않아. 이제는 정말 아무렇지도 않단 말이야, 브라우니. 이 밤이 지나고 나면 더 이상 그러지 않을 거야!

그리하여 우리는 다시 퍼시픽 시티로 향하는 길을 탄다. 우리는 새벽이 되기 전에 내 오두막집에 도착했다. 그리고 나는 그녀를 죽였다.

화자의 역할도 맡고 있는 몇몇 등장인물들이 사회에 대한 그들의 환멸적인 시각을 지닌 채로 거리를 유지하며, 심지어 표면상으로는 해학적인 입장을 취하면서 그들에게 있어 비극적이라 할 수 있는 상황을 그리는 것에 대해 우리는 또한 주목할 필요가 있다.

이러한 기술적인 측면을 넘어서서 우리는 가끔 (서술 방식을 변화시켜가면서, 시간적인 흐름을 조작하면서 또는 신문 기사와 신문 내용을 삽입시켜가면서) 소설 구성 전체에 영향을 미치는 범죄소설에 대한 문자적인 실험이 세계의 혼란, 위험에 처한 그 일관성, 멈춰버린 그 의미 등을 흉내내는 하나의 방식이 아닐까 자문해볼 수 있다.

3) 총서들과 텍스트 외적 요소

범죄소설은 다양한 총서들로 출판되었으며, 그 총서들은 서스펜스, 스파이, 웨스턴 같은 다른 하부 장르에 대해 상당히 개방적인 입장을 보였다. 프레스 드 라 시테 출판사에서 펴낸 '코끼리' 총서 또는 '흑하' 총서와 같은 '역사적인' 총서들과 더불어 이 분야에 있어 프랑스의 대표적인 총서는 갈리마르 출판사의 '범죄 시리즈'이다(그리고 보다 최근에는 페요 & 리바주 출판사의 '리바주/누아르' 총서를 예로 들 수 있다).

시대가 변함에 따라 많은 변모를 거쳤음에도 불구하고 그 표지는 ('백색' 총서와는 대조적으로) 그 주제를 연상케 하는 검은색으로 특징지어지며, 비교적 수수한 형식을 취하고 있는데('흑하' 총서에서 나오는 구르동의 옛 표지들이 그 독창성을 서서히 인정받기 시작하고 있기는 하지만), 이는 튀는 색상과 무기들 그리고 벗은 여자들의 모습이 섞여 있는 공격적인 그림으로 장정된 보다 '대중적인' 총서들과 구별할 수 있게끔 만들어준다.

따라서 범죄소설의 위치는 모험소설의 갖가지 변형들을 물려받고 대량 생산 출판 분야와 관련을 맺음으로써 생겨나는 '화려한' 다양성과 총서('범죄 시리즈') 사이에서 머뭇거리게 되었는데, 이러한 현상은 범죄소설을 대중 문학과 '고상한' 문학의 중간적인 그야말로 미스터리한 위치를 점하게 만들고 있다.

중간적인 입장을 취하려는 이러한 의지는 또한 제목들과 급조된 표지에 의해 명백하게 드러난다. 제목들은 아주 흔히 문학적인 작품들의 제목들을 패러디해서 모방한 것들이다.

그 예로 『미친 자들이여, 성들이여!』『잃어버린 피를 찾아서』『다 큰 아이』 등을 들 수 있다. 그러나 이 제목들은 그 지시적인 가치를 드러내면서도 문학의 제목들과 해학적으로 차이가 난다.

4) 작가와 독자

범죄소설을 읽는 독자들의 사회적 이미지는 각각의 하부 장르에 대한 충분할 정도의 자세한 연구가 없는 관계로 정의하기가 상당히 어렵다. 그 주제가 폭력과 성애적인 면으로 보다 많이 기울기 때문에 사람들은 흔히 독자층이 남성 위주로 구성될 것이라고 생각했다. 표지에 나타나는 급조된 광고들, 아를르캥 총서에서 여성 대중을 상대로 시도한 본격적인 추리소설물이 실패했다는 것, 남성들의 12%(여성들은 6%인 반면)가 추리소설을 좋아하는 장르라고 한다는 등의 사실에 비추어볼 때 이러한 측면으로 몇몇 사실들이 확인될 수 있다고도 할 수 있지만 그것을 확정적으로 주장하기는 어렵다. 그것은 앞으로 확인되어야 할 사항일 것이다.

최근까지만 해도 이러한 장르에 종사하는 작가들 중에는 남성들이 확실히 과반수(특히 '범죄 시리즈'에서)를 차지했었으나 이러한 추세는 현재 달라져가고 있다(쉬 그라프통 Sue Grafton과 다른 많은 작가들).

미국에서는 많은 작가들이 신문에서의 작품 발표 과정을

거쳤거나 다양한 직업들에 종사했었기 때문에 그들은 모험심이 강한 사람들이라는 인상을 형성하고 있다. 프랑스에서도 그와 같은 경우이기는 하지만 지난 20년 동안 있었던 다른 두드러진 사실 때문이다. 1968년 5월 혁명의 영향으로 투사의 경력을 지니고 있는 젊은 작가들의 등장이 바로 그것이다.

모든 경우에서 '사회적인 시선을 지닌' 문학을 써내고자 하는 의지와 출발 초기에 있어 경제적으로 안락하지 못하며 학력이 낮은 작가들에게 정통 문학보다는 범죄소설에서 아마 비교적 더 용이하리라고 생각되는, 출판의 가능성을 동시에 확인할 수 있다고 할 것이다.

제5장
서스펜스소설

I. 구조적 구성 요소들

1) 논란이 많은 구조

서스펜스소설은 추리소설을 연구한 문헌들에서는 때때로 과소 평가되어 있다. 이러한 상황은 부분적으로 서스펜스소설의 구조에 대한 합의가 범죄소설과 미스터리소설에 대한 그것보다 덜 명확한 것에 기인한다.

몇몇 작가들(특히 하이스미스의 『서스펜스의 예술』『이용법』 그리고 부알로-나르스자크의 『단짝』 혹은 『35년의 서스펜스』)에게서 서스펜스는 특히 두려움과 심리 상태에 대한 깊은 관찰을 동반한 미스터리소설의 한 변종이다. 이렇듯 부알로와 나르스자크는 『예전 같지 않은 그녀』를 통해 매우 명민한 탐정을 위해 고안된 '자체로서의' 미스터리를 평범한 한 개인에 대한 미스터리로 이동시킨다. 그것은 바로 이해할 수 없는 것을 통해 희생자에게 두려움을 불어넣는 것이다. 왜냐하면 '의미의 상실, 환상과 절망이 수렴되는 곳'이 바로 이곳이기 때문이다.

이와는 반대로 토도로프(「추리소설의 유형학」에서)에게 있어서 서스펜스란 미스터리의 속성들과 범죄소설의 속성들이 결합된 것인데, 왜냐하면 두번째 이야기가 중심적인 위치를 차지하기 때문이다. 그 결과 두 가지 유형의 흥미로움(그것이 어떻게 일어났는가? 등장인물들에게 무슨 일이 일어날 것인가?)이 결합되어 나타난다. 그러나 토도로프는 주로 흥미로운 것은 두번째 이야기에서부터 비롯됨을 지적하는 동시에 두 개의 하위 유형들을 구별하고 있다. 즉 위기에 빠진 탐정(해밋, 챈들러 등)의 유형과 자신의 무죄를 증명하기 위해 조사하는 '용의자 겸 탐정'(아이리시, 쿠엔틴 윌리엄스 등)의 유형이 바로 그러한 예들이다. 드러나는 바와 같이 토도로프가 서술하고 있는 것과 그가 내세우는 실례들을 보면 그는 서스펜스소설을 범죄소설의 한 변종으로 생각하고 있는 듯하다.

이러한 여러 의견들을 접하고, 이 장르로 분류된 많은 소설들을 분석한 후, 우리는 히치코크의 주장에서 부분적으로 힌트를 얻은 어떤 모델을 구축하고자 했다(『히치코크-트뤼포』, 람세스, 1983 참조). 제시된 모델(뢰테르의 『서스펜스: 한 장르의 법칙들』 참조)은 아마 추리소설의 한 분야인 서스펜스소설의 특수성을 더 명확하게 해줄 것이다.

이 장르에서 독자의 흥미를 유발하는 중심적인 범죄는 가상적인 것이며, 해결되지 않은 채로 남아 있다. 그것은 가까운 장래에 일어날 위험을 내포하고 있다. 위협을 당하고 있는 사람들과 그러한 범죄를 피하려고 노력하는 사람들의 현재 행위를 통해, 이야기는 비극적인 미래를 수포로 돌아가도록 만들기 위해 각 인물들의 과거를 재구성함과 동시에 더 잘 이해할 수 있도록 할 것이다. 소설상으로 짧은 시간 동안에 서술하는 현재는 이렇듯 과거와 미래 사이에 늘어지게 된다.

다음과 같은 세 개의 커다란 원칙들이 이런 유의 소설들을 형성한다(특히 아이리시나 메리 히긴스 클라크의 소설들에서 명확히 드러난다): (1) 치명적인 위험이 선량한 인물을 위협한다. (2) 종말이 가까웠고, 그 사실이 매우 빠르게 알려진다. (3) 독자는 그 사실을 각각의 등장인물들보다 더 잘 알고 있다.

이런 배경 속에서 수수께끼는 절대적으로 부차적인 문제이고, 책의 주요 부분이 전개되는 동안 범죄에 대한 이야기는 고정된 상태로 미결인 채 남아 있게 된다.

2) 본질적인 긴장

서스펜스소설 속에서 의도하는 효과는 이렇듯 본질적으로 독자의 감정들을 이용한다. 부분적으로 무의식과 관련되어 있는 독자의 감정들은 독자가 선량한 희생자를 자신과 동일시하게 됨으로써 절정에 다다르게 될 것이다.

독자는 그런 책들을 읽어나가면서 '두려움에 휩싸이는

데,' 왜냐하면 운명의 결말이 피할 수 없는 것으로 제시되기 때문이다. 흥미를 불러일으키는 토대가 되는 원초적인 의문은 '그럼에도 불구하고 희생자가 구출될 것인가?'라는 것이고, 이런 장르의 상징적인 특징은 확신하지는 못하지만 잠이 깨면서 사라졌으면 하는 (게다가 무수히 많은 작품들 속에서 각각 다르게 나타나는) 악몽이다.

잠재되어 있는 번민 이상으로(사람들은 불행을 짐작하기는 하지만 그 불행이 무엇 때문에 일어나는지, 또 언제 일어날 것인지는 진정 알지 못한다), 놀라움 이상으로(사람들은 그러한 상황이 일어나리라는 것에 대해서는 예상하지 않는다), 서스펜스소설은 그 모든 원인을 알고 있는 불행에 대한 기다림과 연결되어 있는 긴장감을 조성시킨다.

게다가 그것은 모순적인 긴장과 관련된다. 이 모순적인 긴장 관계는 이중적인 강요의 형태로 독서를 이끌고 나간다. 즉, 결말을 알기 위해 이야기를 빨리 읽어나가기를 강요하는 것, 그러나 그와 동시에 운명적인 결말을 너무 빨리 알게 되는 위험이 있다는 것이다. 아니면 다른 형태로는, (책 읽는 즐거움을 위해, 계획된 죽음을 지연시키기 위해) 긴장 관계가 지속되기를 희망하는 것과 (자신의 번민에서 자유로워지기 위해) 동시에 긴장 관계가 해소되기를 희망하는 것 사이에 긴 모순적인 긴장 상태도 있다.

3) 핵심적인 지식

이런 배경 속에서 지식이라는 것은 독자를 위해 있는 것이 아니기 때문에 표적이 되는 독자의 감정들 및 미스터리들과 비교해 부차적이지만 또한 핵심적인 것이다. 왜냐하면 지식은 독서에 수반되는 긴장을 더 강화시키기 때문이다.

사실 독자는 모든 등장인물들을 주시하기 때문에, 각각의 등장인물들보다도 더 많은 것을 알고 있다. 독자는 모든 것을 볼 수 있고, 작품 내부 여기저기에 파편화되어 있는 지식을 결합시킬 수 있는 유일한 존재이다. 희생자도 그의 주변 인물들도 운명적인 결말을 피할 수 있게 해줄 수도 있을 실마리들을 알아차리지 못하지만 독자는 알아차린다. 그러나 다른 한편으로 독자는 자신이 알고 있는 것들을 선량한 등장인물들에게는 알려줄 수가 없다. 독자는 점점 더 피할 수 없는 것처럼 보이는 결말을 예상하게 되고, 따라서 이런 것이 그가 겪고 있는 긴장을 더욱 고조시킨다. 독자는 전지전능하며 (그는 모든 것을 알고 있다) 이런 경우 그는 공격자의 입장에 가깝다. 그와 동시에 독자는 무능하며 (그는 아무것도 할수가 없다) 이런 경우 그는 희생자와 그의 주변 인물들의 입장에 가깝다.

아이리시의 중편소설 『울부짖는 눈들』은 이런 상황을 상징적으로 훌륭하게 나타내고 있다. 독자의 입장은 10년 전부터 중풍을 맞고 누워 있는 자넷 밀러라는 60세 된 한 노파를 통해 격자형으로 구조화된다. 그녀는 눈으로밖에는 의사소통을 할 수가 없고, 그녀의 유일한 즐거움은 자신의 아들 베른을 보는 것이다. 그러나 베른의 아내인 베라와 그의 남자 친구 지미는 베른을 없애기로 결정한다. 자넷 밀러는 이 모든 것을 엿들었고, 살해자들은 그 사실을 알고 있다. 그녀는 그 범죄가 언제 어떻게 벌어질 것인지를 알고 있지만 자신의 아들을 구해내기 위해 할 수 있는 것이라곤 아무것도 없다. [……]

따라서 서스펜스는 지식에 대한 등급 매기기와 정확한 분류를 전제로 한다. 우선 등장인물들 사이에서, 공격자는 희생자와 그의 주변 인물들보다도 더 많은 것을 알고 있다. 그 다음 화자와 청자 (결국은 독자가 되는데) 사이에서는, 등장인물들보다도 더 많은 사실을 알고 있는 독자에게 지식이 주어진다.

다양한 기법들이 이런 장치를 뒷받침해주기 위해 사용된다. 첫째로 종말의 반복, 전조적인 양상들, 상황의 불균형에 대한 환기, 희생자에게 어떤 공격을 가할 것인가에 대한 공격자의 예상, 자신에게 어떤 일이 닥쳐올 것인가에 대한 희생자의 예상, 주변 인물들의 예상, 시간, 운명, 숙명 등에 대한 은유 등 기본적인 감정에 대한 지식을 끊임없이 환기시키는 것들이 있다. 둘째로 독자들에게 기존의 징후들을 명백하게 제시하고 그런 징후들의 중요성을 파악하지 못하고 있는 등장인물들에게 그런 징후들을 적절하게 할당해서 부여하는 것이다. 셋째로는 부적절하게 사용되거나 유용하지 못한 지식에 대한 확인이 있을 수도 있다. 따라서 희생자의 주변 인물들은 그들의 지난 잘못들을 되돌아보고 잃어버린 시간에 대해 안타깝게 생각한다. 그들은 그런 단서들을 실수로 파기하거나 부주의로 빠뜨린다. 또는 어느 한 사람이 위험을 감지했지만 그것을 알리지는 못한다. 아니면 희생자는 자신이 계획하고 있는 도피책이 불가능하다는 것을 알게 된다.

이야기를 극적으로 만드는 데 기여하는 이런 기법들은 또한 잠정적인 중단, 텍스트 확장, 어떤 근본적인 행위의 시작과 끝냄 사이의 시간 연장을 위한 기법들이라는 것을 주목할 필요가 있다.

4) 서술적 담화 사례와 텍스트화

서스펜스소설에서는 텍스트 속의 인물이 아닌 화자가 전지전능한 경우가 매우 빈번하게 일어난다. 즉 그는 등장인물들 각각의 생각이나 감정을 알고 있고, 장소나 시간의 제약 없이 다른 장소나 다른 시간으로 이동할 수 있다. 이것은 그가 이러한 지식을 독자에게 알려줄 수 있도록 하기 위한 필수적인 조건이다.

그러나 이런 소설들의 주된 특징은 어떤 텍스트들(여러 종류의 단장, 문단 등)로부터 '불거진' 읽을 거리를 만들어내는,

끊임없는 관점의 변화로 나타난다. 독자는 이렇게 해서 범죄자의 시각, 희생자의 시각, 주변 인물들의 시각, 증인들의 시각 등을 차례로 공유한다. 그는 그들의 눈을 통해 보고, 그들의 감정을 공유하며, 그들 사이에서 각 등장인물들의 '삶 속에서' 차례차례 체험한다. 이렇게 함으로써 그는 훨씬 더 자신을 심리적 긴장 속으로 몰아가는 서로 반대되는 관점들을 수용하기에 이른다.

하나의 '핵심적인' 시퀀스의 시작과 그 종료를 지연시키는 방법들 사이에 흐르는 텍스트적 긴장과 관련된 모든 기법들 (방해 요소들의 급증, 거짓 단서 등) 그리고 극화와 관련되는 기법들과 같은 많은 서술 기법들이 감정들을 불러일으킬 목적의 이러한 장치를 보완하게 된다. 앞서 언급된 것 같은 지식과 연관된 방법들 이외에도 다음과 같이 독자의 판단에 도움을 주는 사항들도 알려주어야 한다:

——위험, 상황, (위협적인) 범인, (연약하고 선량한) 희생자 등에 관한 것.

——리듬과 관계된 것(종말의 순간을 향해 흐르는 시간의 흐름이 늦추어지거나 빨라지는 현상이 번갈아 나타나는 것).

——인물들의 감정과 관련된 것(희망과 절망의 상황이 번갈아 나타나는 것).

——가까운 관계와 먼 관계의 대립과 관계된 것(흔히 억류되어 있는 장소와 공격자는 사실 다른 인물들에게 잘 알려져 있

지만 이 인물들은 그것을 알지 못한다⋯⋯).

게다가 시간과 장소는 특별한 취급의 대상이 된다. 이 두 요소는 지시적이라기보다는 기능적인 역할을 수행하는데, 종결이나 탈출구의 부재를 구체적으로 드러낸다. 그리고 이들이 주는 분위기는 항상 부정적이다. 다시 말해서 장소는 닫혀져 있거나 감추어져 있거나 어두우며, 시간은 한정되어 있거나 짧다. 그때부터 시간은 진행되고 있는 드라마의 핵심적인 주역으로 변신한다. 부알로와 나르스자크는 서스펜스에 대해 '흐르는 시간에 의한 일종의 독살'이라는 멋진 표현으로 이야기한 적이 있다. 사실 인간의 입장에서 시간은, 대항해 투쟁해야만 하는 주적이 되어버린다. 아이리시의 『유령 아가씨』에서 '거짓 친구'인 롱바르는 다음과 같이 말한다: "시간보다 더한 살인자는 없다. 게다가 그는 절대로 처벌받지 않는 살인자이다."

시간을 한정시키는 종말에 대한 고지는 처형대로 걸어가는 것과 같은 구조로 이야기를 구성하는데, 이것은 『유령 아가씨』에서 부당하게 살인의 누명을 뒤집어쓴 인물이 실제로 겪는 경우이다. 이는 또한 리하르트 바흐만의 『뼈 위의 살』이라는 작품의 주인공——그는 저주를 받은 후 몸이 마르기 시작해서 육신의 형체가 사라질 위험에 처하게 된다——이처한 경우이기도 하다.

서스펜스소설에서는——바로 여기에 극화의 핵심적인 방

152

법들 중의 하나가 있는 것이기도 하다——인물들은 다른 적
들에 대한 것만큼이나 아니면 그보다 더한 정도로 시간과 운
명에 대항해서 싸우는 것이다. 즉 이것은 시간에서부터 시계
까지 반복적으로 등장하는 모티프, 책 또는 장들의 제목과
같이 시간과 관련된 지칭들(브라운의 『120시간의 악몽』, 가브
A. Garve의 『시각을 다투는 죽음』, 하이예스의 『시간에 쫓기는
범죄』, 매스터슨 W. Masterson의 『살인을 위한 어느 날 밤』 등),
아이리시의 『오후 세시』에서처럼 주어진 시간의 짧음과 그
중요성을 끊임없이 환기시키는 상황——"그가 내려온 지 10
분이 흘렀다. 이제 한 시간 40분이 남아 있었다. 죽음은 이미
시작된 것이었다"——을 설명한다.

테오 뒤랑 Théo Durrant의 『대리석숲』에서처럼, 무덤 속에
생매장된 박사의 딸이 질식사하기 전에 찾아내기 위해 열어
보아야 할 무덤들의 개수를 나타냄으로써, 시간이 공간 또는
완수해야 할 일과 지속적으로 관계를 맺도록 하는 행위를 설
명한다.

이러한 서술적 작업은 개별적이고 세부적인 절차에 의한
텍스트 쓰기의 차원에서 구체화된다:

——독자들이 스스로 제기할 수 있을 질문들을 흉내낸 화
자의 서술자에 대한 (매우 불안한) 질문들.

——(시간, 결말의) 끊임없는 반복들.

——극의 다양한 구성 요소들을 강화시키고 운명, 시간 그

리고 그 리듬, 번민 등을 강조하는 부사, 동사, 표현들의 사용.

——감정들을 '흉내내는' 언표들: 명사문들, 미완성 또는 매우 분절된 문장들.

——감정들을 '흉내내는' 구두점 표기들: 많은 감탄 부호 또는 의문 부호들.

——마찬가지로 감정들을 드러내는 '표현적인' 글자체: 이탤릭체, 대문자들.

반복적으로 나타나는 수사법의 한 유형에 대해 특별히 언급해야 할 필요가 있는데, 왜냐하면 그것은 텍스트 쓰기의 차원에서 구조에 의해 구축되는 모순적인 긴장과 서술적 담화 사례를 구체적으로 드러내기 때문이다. 그것은 모순 어법이라고 하는 것인데, 모순되는 표현들을 모아놓는 것을 말하는 것으로서 예를 들면 '조용한 외침' 또는 '수세기 동안 계속되는 한 순간' 등과 같은 표현들이다.

II. 허구의 구성

1) 행위, 주제 그리고 장면

서스펜스소설에서 행위는 특별한 지위를 차지한다. 초반(공격)과 결말 부분(마지막 대결)에 나타나는 폭력적인 행위는 잠재적으로 또는 텍스트 내에서 정지되어 있거나 (희생자는 움직이지 않고, 공격자는 기다리며, 주변 인물들은 어디에서부터 조사해야 할지 모르는 상태이다) 혹은 불필요한 것(너무 많은 거짓된 단서들이 뒤를 잇는다)으로 남는다. 행위는 부분적으로는 긴장을 조성하고 기대를 극화시키는 심리적인 묘사 혹은 대화를 강조함으로써 사라진다. 게다가 운명적인 오직 하나의 해결책만이 존재하는 것처럼 결말은 무슨 수를 써도 회피할 수 없는 것으로 규정된다.

행위의 구성에 있어 다음과 같은 다섯 개의 핵심적인 단계를 살펴볼 수 있다:

── 흔히 독자들만이 유일하게 어떤 것에 대해 의심을 품을 수 있는 위험한 상황의 요소들을 설정하기.

── 위험의 구체화: 함정은 닫히고, 인물들은 그것을 인식하며, 종말의 순간은 알려진다.

── 일시적이며 특정한 사건과 관계된 상황 전개와 더불어 고유한 의미로서의 서스펜스가 진행하는 방향이 운명적인 종말로 향하기.

── 해결: 희생자와 그 주변 인물들은 단서들 전체를 재구성하고 종국적 대결이 일어난다.

── 행복의 가능성 또는 불행의 달성과 더불어 제시되는 마지막 상태.

매우 일반적인 이러한 도식적 구도들을 현실화시키는 시나리오들의 수는 사실 제한되어 있다:

── 납치(왈시 T. Walsh의 『정오의 중앙역』, 메리 히긴스 클라

크의 『여우의 밤』 등).

———추격(맥렌던 J. McLendon의 『에디 마콩의 도주』).

———무죄가 입증되지 않을 경우 계획대로 사형 집행(아이리시의 『유령 아가씨』 등).

희생자가 예고된 죽음을 향해 다가가고 있다는 것을 아는 순간부터 이것들을 넘어서는 서로 다른 변형들의 설정이 가능하다.

한편 납치, 기다림, 최후 통첩, 희생자를 구하기 위한 광적인 질주 등 전형적인 장면들은 다양하다.

2) '구체화된' 인물들

여기에서도 마찬가지로 등장인물들은 특히 독자들의 동일화를 부추기기 위해 구체화된다. 그들의 심리적 깊이와 이야기 전개 과정 전반에 걸친 그들의 변모는 많은 묘사들을 정당화시킨다(오로지 살인자만이 변화하지 않으며, 계속 자신이 가지고 있는 병적인 상태의 노예로서 행동한다). 사건은 하나의 완충적인 역할을 하며, 심리적인 변화를 가능케 하는 폭로자의 역할도 함께 수행한다. 이러한 심리적인 변화들이 서스펜스소설의 진정한 목적을 구성한다. 즉 구체화된 인물들은 어린 시절 형성된 심리적 장애를 극복하고 성숙한 성인으로서의 생활에 도달할 수 있는 가능성을 지니고 있다. 이 소설들이(메리 히긴스 클라크 또는 하이스미스 참조) 추리소설의 경

계를 넘어서 상당히 긍정적으로 인식되어질 수 있게끔 하는
인간 심리 탐구의 차원이 물론 존재한다.

인물들이 속한 사회 계층의 범위는 상대적으로 좁다. 그들
은 중간 계층에 속하고 '정상적인' 생활과 직업을 가지며, 흔
히 중간 규모의 도시에서 거주한다. 이것은 아마 독자의 동일
시를 촉진시킬 것이다. 보충적으로 그것들을 구성하고 구별
짓는 축들은 성, 나이, 심리 상태 등 '널리 알려진 것들'이다.

그러나 흥미롭게도 이러한 모든 등장인물들은 희생자이건
주변 인물이건 아니면 공격자이건 외형을 넘어 하나의 공통
점을 가지고 있는데, 그것은 바로 이들이 스스로 죄책감을
느끼는, 과거의 실책을 하나씩 가지고 있다는 것이다. 예를
들면『여우의 밤』에서 젊은 부인인 샤론은 꼬마 닐이 공격자
에게 문을 열어주도록 내버려둔다. 그녀는 닐의 어머니를 살
해한 혐의로 부당하게 누명을 쓰고 있는 로널드 톰프슨을 잘
못 변호한다. 그녀는 또한 닐의 아버지인 스티브와 갖고 있
는 내연의 관계를 잘 처리하지 못한다. 한편 꼬마 닐은 자기
때문에 소리를 지르지 않은 어머니를 잘 옹호할 줄 몰랐으
며, 샤론의 매력에 저항한다. 한편 스티브는 마음속으로는
로널드 톰프슨이 죄가 없다는 것을 알고 있지만 결국에는 그
가 유죄 판결을 받는 데 일조하게 된다. 아주 흔히 현재의 이
야기는 등장인물들에게 벗어날 수 있는 두번째 기회를 제공
하는, 지나간 감추어진 이야기의 반복처럼 여겨진다.

그러나 심리 상태의 서술은 또다시 다른 목적을 위해 기여한다. 인물들을 '묘사'하도록 해주는 책의 첫부분에 이어 심리 상태는 확장과 지연의 요인이 되며, 무엇 때문에 어떤 주인공들이 단서들을 보지 못하고 그것에 대해 이야기하지 않는지를 설명한다. 따라서 독자에 있어 심리 상태는 긴장의 격화에 기여한다. 이렇듯 리하르트 바흐만의 『쿠효』에서 돈나 남편의 직업적인 토론들은 돈나와 그녀의 아들이 미친 세인트버너드 견인 쿠효에 의해 위협당한다는 것을 알고 있는 독자들에게 점점 더 무의미하게 느껴진다.

3) 핵심적인 희생자
　'희생자의 소설'이라고 빈번하게 불렀던(이것은 비장미에 근거한 대중소설의 전통을 물려받는다) 이 소설들에 있어 희생자는 핵심적이다.

　희생자는 유일하고 중심적이며 잠재적이다(그의 삶은 책의 내용이 전개되는 전반에 걸쳐 위험에 처하게 된다). 선행되는 또 다른 희생자들이 존재할 수도 있는데, 이들은 단순히 살인자의 광기를 입증하며 독자의 긴장을 증대시킨다.

　주제, 추구되는 감동, 동일시에 따라서 희생자는 우리 사회의 '보통' 사람들에 속하며, 되도록이면 여성, 아이, 가끔 노인들 그리고 장애자들처럼 문화적으로 착하고 약하다고 여겨지는 사람들에 속한다.

하지만 희생자는 숨겨진 이면을 지니고 있다. 표면상으로는 그 인물은 완전히 무고하며, 그에게 닥치는 사건은 부당하다. 그 결과로 사람들은 그러한 사건이 누구에게라도 닥칠 수 있으며, 건전한 소우주에 공격적인 '외계인'이 침입한 상황에 처해 있다고 생각할 수 있을지 모른다. 그러나 우리들이 살펴본 것처럼, 사실 희생자는 항상 책임의 일부를 지니고 있다. 즉 그는 해결되지 않는 심리적인 문제 앞에서 베일을 쓰고 있는데, 이러한 억압이 외부적인 위협의 형태로 되돌아오는 것이다. 이렇듯 『유모』(파이퍼 E. Piper)에서 남자아이 췌이는 2년 전 자기 동생의 죽음에서 책임의 일부를 진 것이며, 마찬가지로 캐롤라인 B. 쿠니의 소설 『백미러에서』에서 수잔은 자기 결혼의 실패를 제대로 바라보지 못했던 것이다. 따라서 희생자는 전혀 터무니없는 것이 아니라 어쩌면 심리적인 인과성의 결과라고 할 수 있는 것이다.

그리고 어떠한 면에서 부알로와 나르스자크가 적절하게 지적한 것처럼, 희생자는 직접적으로 혹은 간접적으로 자기 스스로에 대한 사형 집행인이 된다. 피어링 K. Fearing의 『위대한 시계상』에서 주인공은 실제로는 자신이 사냥감인 사냥을 추진하도록 임무를 부여받는다. 또한 아이리시의 『오후 세시』에서 시계상인 스트랍은 자기 부인을 제거하기 위해 자신의 직업적인 엄밀함과 정교함을 바탕으로 만들어낸 기계장치에 의해 자신이 죽을 위험에 처하게 된다.

4) 사건 조사자의 인물 유형

서스펜스 장르에서 사건 조사자는 제일 중요한 자리를 차지하지는 않는데, 왜냐하면 희생자, 공격자, 희생자의 주변 인물들이라는 세 가지의 중요한 역할들이 같은 차원에 놓여지기 때문이다. 사건 조사의 기능을 수행하는 것은 무엇보다도 희생자들의 주변 인물들이다. 그러나 대부분의 경우에 그들이 밝혀내고자 하는 것은 작품의 초기 단계에서부터 독자들에게는 알려져 있다. 우리는 이 점이 미스터리소설과 현격하게 차이가 나는 점이라는 것을 알게 된다.

희생자와 애정적으로 가까운 이 주변 인물들은 어쩔 수 없이 사건에 연루된다. 따라서 이들은 미리 설정된 역할이 아니며, 사건 조사를 전문적으로 또는 상습적으로 하는 자들이 아니다. 게다가 이들의 사건 조사는 번민 속에서 아무런 방법론 없이 이루어진다. 이러한 이유에서 수많은 단서들에 대해 눈치채지 못하는 것이다.

이야기의 대부분의 경우에서 그들의 행위는 유보된 상태로 머물러 있다. 따라서 공격자와 있을 수 있는 대결이 발생하는, 소설의 마지막 부분에 이르러서야 위험이 존재한다. 그들 역시 '보통 사람들'이며, 그들의 기본적인 차원은 애정적인 연루이다. 다시 말해서 그들은 각자의 방식에 따라 희생자를 사랑한다. 그들은 또한 사회를 거부하는 것도 아니다. 희생자에게 있어서처럼 만약 결말이 좋게 끝나면 그들에게 도달하는 상황은 그들로 하여금 더욱더 결속을 다지도록 할 것이다.

만약 간혹 경찰이 사건 조사에 참가하게 되면 두 가지 중요한 경우가 생겨날 수 있다. 첫번째는 희생자에게 제약으로 작용하며, 추가적인 위험 부담으로서 느껴지는 경우이다. 두번째는 경찰을 대표하는 인물이 개인적인 자격으로 사건에 연루되어 그 결과로 주변 인물처럼 '작동'하게 되는 경우이다. 납치된 자가 경찰관의 아들인 매스터슨의 『살인을 위한 어느 날 밤』의 경우가 그렇다. 윌츠D. Wiltse의 『뱀의 입맞춤』에서는 흥미로운 변형이 소개되었다. 이 작품에서는 이중인격으로 인해 경찰관이 동시에 공격자가 되는 상황이 설정되어진다.

5) 살인과 살인자

살인자는 살인을 저지르게 되며, 이것은 서스펜스소설의 핵심적인 요소라고까지 말할 수 있다. 만약 그가 그 전에 다른 살인 행위들을 저질렀다면 그것은 기능적으로 앞으로 일어날 일들을 극화시키는 데 이용될 뿐이다.

그는 범죄를 전문적으로 자행하는 자가 아니다. 그의 악행은 개인 대 개인적이며, 병적인 차원에 속한다. 살인자는 흔히 희생자의 주변 인물(사회적으로 볼 때, 공간적으로 볼 때,

심리적으로 볼 때)이고 병자이며, 그의 문제는 이런저런 방식으로 희생자의 문제와 연관되어 있다. 이렇듯 쿤츠의 『바퀴벌레들의 밤』에서 브뤼노 프라이는 희생자인 힐러리의 어린 시절과 공통점이 많은 불행한 어린 시절을 보냈다. 그러나 그의 문제는 보다 심각한데, 그는 고독하고 인생은 개선되지 않거나 혹은 오히려 그의 어려움은 가중되기만 한다. 따라서 정상적인 상황의 반대편으로 옮겨가서 되돌아오지 못하는 살인자는 심리적인 위험, 다시 말해서 희생자가 피하려고 하는 극히 위험한 정신적 결말을 상징한다.

더욱이 이 살인자는 일관성이 없으며, 완전하게 악한 인간도 아니다. 그는 자신도 원치 않는 모순적인 충동에 의해 분열되는데, 그것으로부터 자신을 보호하려고 하지만 그것을 통제할 수 없다. 『쿠쵸』에서 세인트버너드 견은 개들 중 가장 온순한 종이었지만 광견병에 걸려 자신의 의지와 상관없이 행동한다. 이 작품에는 젊은 주인인 브레트 앞에서 과거의 그와 현재의 그가 서로 대결하는 것을 보여주는 두드러진 구절이 있다. 하이예스의 『살인의 막다른 골목』에서 공격자인 도널드가 다음과 같이 말할 때도 마찬가지 경우이다: "그것은 간혹 바로 내 몸 속에서 화산이 폭발하는 것과 같아요. 나는 다른 사람들만큼이나 겁이 나요, 아빠. 어쩌면 다른 사람들보다도 더 겁이 날 거예요."

6) 등장인물에 대한 재론

서스펜스소설의 등장인물들과 관련하여 세 가지 점을 강조할 필요가 있다.

이들은 미스터리소설의 인물들과는 다르게 구체화되지만 범죄소설의 인물들과는 반대로 기본적인 측면에 있어서는 '정상적인' 사람들이다. 더욱이 그들의 신체는 무기가 아니며, 섹스는 살인자의 병리학에서 유희, 또는 선량한 인물들에게 있어 만개한 삶에 대한 희망 정도로 그 비중이 축소된다.

그들은 어떠한 면에서 모두 서로 비슷하고 이야기가 진행되는 동안에 그 강도가 다소 편차가 있는 심리적 문제들에 처하게 된다.

수많은 부차적인 인물들까지 포함하는 이러한 집단적인 심리화는 기능적이다. 그것은 이 소설 장르의 특별한 세계와 그 관심을 형성시키고, 또한 그것은 독자로 하여금 자신을 다른 인물과 동일시할 수 있도록 만들며, 확장의 지연, 즉 긴장의 지연을 강화시키는 무수한 기법들을 촉진시킨다.

7) 소설의 결말

공격자에 대한 징벌은 명백하게 알려져 있다고 할지라도 부수적인 문제이다. 이야기가 전개되는 과정에서 '악인'은 영웅들에 대한 징벌을 상징하며, 그의 퇴출은 영웅들의 고통이 끝났음을 의미한다. 그렇게 각자의 어두운 부분이 사라지게 되면 악인은 자신의 난관들을 극복하는 데 성공하지 못한, 이중으로 불행한 자처럼 거의 동정의 대상이 될 것이다.

보상은 영웅들간의 재회와 애초의 심리적인 문제들을 해결함으로써 가능해진 미래에 의해 명백하게 보여진다. 반발의 대상이 되지 않는 회복된 질서는 가족적 · 애정적 그리고 은밀한 가치들의 질서이다. 추구된 광명이란 바로 어둠과 악몽에 종지부를 찍는 조화로운 삶의 광명인 것이다.

따라서 모든 결말이 그런 것은 아니지만 어떤 행복한 결말들은 메리 히긴스 클라크의 『울지 마라 내 사랑아』의 그것이 보여주는 것과 같이 감정소설들의 결말들과 매우 가깝다:

정오의 태양은 하늘에서 빛나고 있었다. 바다의 냄새를 실어오는 부드러운 바람이 태평양으로부터 일어났다. 경찰차들에 의해 밟혀진 진달래들조차도 줄기들을 다시금 세우려고 하고 있었다. 밤 사이에 그토록 고통을 받은 실선백들은 친근스럽고 위안이 되는 것처럼 보였다. 엘리자베스와 테드는 스코트가 차를 타고 멀어져가는 것을 쳐다보았고, 곧 이어 서로 마주 보았다. 〔……〕 엘리자베스는 테드를 향해 미소 띤 얼굴을 들었다. 그녀는 양손을 그의 얼굴에 올려놓고 그의 입술을 자신의 입술로 끌어당겼다. 그녀는 자신이 아주 오래 전에 그랬었던 것처럼 레일라가 흥얼거리는 것을 듣는 것 같았다: "울지 말거라, 귀여운 내 아이야……"

8) 구축된 세계

서스펜스소설에 의해 구축된 세계는 공간적으로(인물들은 장소를 이동할 수 있다) 그리고 시간적으로 (이야기는 과거로 돌아갈 수 있다) 열려 있다. 그러나 동시에 닫혀 있기도 한데, 이곳은 가족적이고 시골적이며 중간 계층으로 귀착되는 세계이고, 행위의 대부분에 있어서 공간적이며 시간적인 닫힘 현상——결말까지의 시한을 이유로——이 군림하며 지배한다.

폭력이 존재한다면 그것은 비정상적인 것으로 여겨진다. 폭력은 진부하고 일상적인 상황에서 등장함으로써 우리를 놀라게 한다. 사실 그것은 이 세상의 논리에서 내부적인 폭력의 은유로서만 이해되는 것이다.

만약 폭력이 권리, 그리고 여성과 아이들의 고유성에 대한 존중의 문제를 진지하게 살펴보는 자리가 아니라면 역사, 정치 또는 사회 비판은 미미한 자리밖에 점유하지 못한다.

섹스는 두 가지 방식으로 묘사된다. 이야기의 초반부, 그리고 진행되는 중간부에서 그것은 불완전하고 위험하거나 미완성의 것 또는 강제적으로 감내되는 것처럼 체험된다. 소설이 끝난 후 그것은 한 쌍 사이에 있어 실현된, 행복한 성인의 사랑과 연결될 수 있다.

'정상적'이지만 자신을 유년기 상처와 성인 시기 사이에서 정체되도록 만든 심리적인 문제들의 희생양이 된 사람들이 살고 있는 이 일상의 세계는 사회적인 삶보다는 오히려 심리적인 삶으로 구성된 작품을 통해서 독자의 동일시를 가능케 한다.

따라서 초반에는 겉으로 보이는 행복함 뒤에는 균열이 감추어져 있다. 홀로인 자들의 경우에서 그것은 불행한 유년 시절, 고통스러운 실패, 남성 또는 여성으로서 받아들이는 것의 어려움과 관련된다. 커플들의 경우에, 사랑이 날아가버렸다든지 또는 바람피우기가 자리를 잡았다든지 또는 둘 중의 한 사람이 너무 일에 집착한다든지 하는 것들이다. 식구들인 경우에 관계들은 상대편의 이야기에 귀를 기울이거나 존중함의 부족에 의해 또는 자녀들 중의 어느 한 사람에 대한 지나친 편애에 의해 변질된다.

이러한 부류의 소설들 마지막 부분에서 우리는 부활, 다시 말해 새로운 탄생을 경험할 수 있다. 자신을 발견하고 자신을 인정하며 자신의 한계를 의식하게 됨과 아울러 감정, 행복에 접근하게 되는 것이다.

소설의 초반부와 후반부 사이에 악몽이 위치하는데, 항상 잃어버린 시간을 되찾으려 하며, 자신의 유년기를 다시 체험하는 이러한 긴 여정은 아주 흔히 퇴행적인 상황에서 진행된다(예를 들어 밀폐된 장소에 갇혀 있는 납치된 자는 자신의 먹을 것과 생리적 필요성에서 완전하게 의존적인 존재가 된다).

가족적이고 외디푸스적인 소설에 호소하는 이 세계는 심

리 분석(프로이트의 『염려스러운 소외감』 참조)에 의해 젖어 있다는 것이 명백하며, 정신 분석 또는 심리학자들의 역할을 맡은 인물들의 숫자가 그것을 입증한다.

또한 카이우아 R. Caillois는 『소설의 힘』(1942)에서 외디푸스와 추리소설을 다음과 같이 의미심장하게 대비시킨다:

실제로 외디푸스에 대한 관심의 동기는 정확하게 추리소설에 대한 그것과 반대이다. 대중은 '탐정'이 모른다는 것을 알고 있으며, 외디푸스가 어떻게 자기 스스로의 불행을 추구하는지를 지켜본다. 쥘 르메트르는 〔……〕 이 작품과 관련하여 관객의 놀람을 기반으로 해서 줄거리를 구축하는 극작가들에 대해 디드로가 가한 질책을 멋지게 연상케 한다: "시인은 〔……〕 비밀을 통해서 놀람의 순간을 내게 유보시킨다; 그는 속내 이야기를 통해서 나를 오랫동안 염려의 상태에 머물게 했다." 비극은 감동시키는 것이 목적이라고 한다면, 추리소설은 드러내면서 보여주는 것이 목적이라는 것이다.

그런데 카이우아가 외디푸스와 비극에 있어 규칙으로 정한 것을 다른 추리소설의 조류들과는 다르게 바로 서스펜스소설이 실현시키는 것이다.

1) 논의중에 있는 모델

서스펜스소설의 모델은 우리들이 살펴본 바와 같이 미스터리소설의 변형(부알로-나르스자크), 범죄소설의 변형(토도로프) 그리고 보다 큰 자율성을 지니지만 보다 제한된 작품 소재를 지닌 소설(이것이 바로 우리가 제안하는 것이다)이라는 세 가지 개념들 사이를 오가며 아직 논의중에 있다.

이러한 토론은 아마 다음과 같은 세 가지 요인들에 의거할 것이다:

── '두드러진' 작가들(아이리시, 부알로-나르스자크, 클라크 등)과 더불어, 그렇지만 실제적인 연속성은 지니지 않은 채, '저물어가는' 이 소설 장르의 역사.

──이차적이지만 상대적으로 중요한 기법으로서 범죄소설에 있어 많은 서스펜스적인 구절들의 존재.

──두 장르 사이에서 왔다갔다하는 많은 소설들의 존재.

예를 들어 팻 맥저의 『살인하는 여인들』은 미스터리와 서스펜스 사이를 왔다갔다한다. 즉 독자는 살인자가 누구인지 알고, 만찬이 끝나면 한 여인이 살해될 것이라는 것을 알지만 그 여인이 누구인지는 모르는 것이다. 마찬가지로 앤드류 가브의 『시각을 다투는 죽음』은 세 부분으로 구성된다. 첫번째는 찰스 힐러리의 부인이 살해된다. 찰스는 무고하게 혐의를 뒤집어쓰고 사형 선고를 받는다. 그러나 시한은 서술적으로 이용되지 않는다. 두번째 부분에서는 사고 덕분에 찰스는 감옥에서 탈출하여 그가 사랑하던 카트린을 만나게 되며, 다시 잡히지 않으려고 애쓴다. 여기에서 독자의 관심은 찰스가 다시 체포되지 않도록 하기 위해 카트린과 경찰 사이의 계략 싸움에 집중된다. 세번째 부분에서 찰스는 다시 잡히게 되는데, 마지막 두 장에 이르러서야 시한을 지니고 희망을 상실하는 등의 본격적인 서스펜스를 맛볼 수 있다.

어쨌든 이러한 구조는 서스펜스가 광범위하게, 특히 히치코크에 의해 영화에서 채택되어 이용되도록 하는 것을 막지는 못했다(아일스의 『공모』에서 각색한 「의심」, 하이스미스의 작품에서 각색한 「북부 고속 열차의 미지의 인물」, 아이리시의 작품에서 각색한 「정원으로 난 창문」, 부알로-나르스자크의 작품에서 각색한 「식은땀-변덕」, 블로흐의 작품에서 각색한 「사이코」 등). 히치코크 자신도 서스펜스의 정의에 대해 이론적인 기여를 했다(『히치코크/트뤼포』, 람세스, 1983 참조).

이 서스펜스 모델과 관련하여 마지막으로 한 가지를 언급할 필요가 있다. 그것은 이 모델이 유머와 패러디를 배제한다는 것이다. 사실 자기 파괴를 하지 않으며, 암시적인 작품들을 장르 내부에 가질 수 있는 범죄소설과 미스터리소설과는 반대로 암시적인 부분이 명시적인 부분을 거의 자동적으로 파괴시키는 서스펜스소설에 있어서는 그런 것처럼 여겨지지 않는다. 우리는 이 사실을 유머와 거리두기, 다시 말해서 한편으로는 동일시, 다른 한편으로는 긴장 사이에 존재하는 과격한 대립에 의해 충분히 설명할 수 있을 것이다.

2) 글쓰기에 대하여

심리 상태와 묘사가 많이 나타나는 이 소설들에서는 글쓰기가 매우 고통스러운 과정이 된다. 기본적인 작업은 우선 인물들 각각의 특정한 세계관을 나타내기 위해 흔히 흥미로운 문체적 변형들을 수반하는 시점의 끝없는 변화들에 가해진다. 그리고 나서 그것은 확장, 극적인 묘사, 그리고 텍스트에 의한 감동의 연출과 관련된 모든 것을 대상으로 한다. 이것은 자르기, 활자의 형태, 문장들의 분할, 독자의 판단에 영향을 미치는 요소들 등에 있어 커다란 주의를 요한다. 우리는 이러한 기법들을 서술적 담화 사례와 더불어 살펴본 바 있다.

사실 서스펜스 작가들은 자료 수집보다도 독자에게 긴장, 특히 종국을 향해 진행하는 리듬과 그것을 늦추는 모든 상황들을 조성하는 데 서술 전략을 세심하게 계획하는 것이 필요하다. 이를 위해서는 독자의 독서 행위를 지연시키는 전략이 아니라 소설 내에서 희생자와 그 주변 인물이 이끌어나가는 상황 전개를 지연시키기 위해 어떠한 장애물들을 증가시켜야 하는가를 연구해야 하는 것이다.

3) 총서들과 텍스트 외적 요소

서스펜스소설에 있어 하나의 장르로서 자신의 영역을 확보하는 데 겪는 어려움은 출판적인 차원에서도 발견된다. 이 소설은 '창백(蒼白) 시리즈' '코끼리' 총서, '범죄 시리즈' 등과 같이 구별되는 브랜드 없이 혹은 브랜드를 가지고 다양한 총서들 속에 포함되었었다. 그러나 최근 20여 년 동안 그것은 드노엘 출판사의 '식은땀' 총서 또는 특히 알뱅 미셸 출판사의 '서스펜스 스페셜' 총서에 대부분 자리를 차지하고 있다.

텍스트 외적 요소의 측면에서는 일정한 수의 특징들을 보여준다. 제목은 특히 무엇보다도 세상, 번민 그리고 감동을 적절하게 암시한다. 많은 경우에서 시간, 숫자들, 밤 등을 나타내는 어휘들을 발견하게 된다. 목차들은 흔히 운명적인 결말로 집요하게 향해가는 과정을 보여준다. 주요 인물들의 몸무게가 점점 줄어드는 것을 통해 살펴볼 수 있는 바와 같이 아이리시의 『유령 아가씨』 또는 바흐만의 『뼈 위의 살』이 이런 경우이다:

1장: 112킬로
2장: 110킬로
3장: 모홍크

앞표지와 뒤표지는 불안스러운 상황에서 공포에 질린 모습을 하고 있는 등장인물들을 자주 등장시킨다. 뒤표지(프랑스에서는 뒤표지에 책의 내용에 대한 간략한 설명이 덧붙여진다: 옮긴이)의 글은 독자들이 느껴야만 하는 번민과 이야기의 첫 부분, 그 기본 구성 요소들 그리고 근본적인 질문들——X가 어찌되었든 위기에서 벗어날 수 있을까?——을 드러냄으로써 독서의 긴장에서 벗어나기가 불가능함을 코드화하고 있다. '검은 정사각형' 총서에서 펴낸 아이리시의 『여명의 시각』과 '식은땀' 총서에서 펴낸 캐롤라인 B. 쿠니의 『백미러에서』 같은 두 개의 텍스트를 통해 그것을 짐작할 수 있다:

그 상황에서 벗어날 수 있는 확률이란 1천분의 일이다. 자유스러워지기 위해 네시간이 필요하다. 그녀는 그 없이 떠날 용기가 없다. 남자의 입장에서는 모든 정황들이 범인임을 뒷받침해주고 있는 그 인물을 찾아내지 못하는 한에는 뉴욕을 떠날 수 없다. 게임은 시작된 것 같다. 자신들이 계속 살고 싶다면 새벽이 되기 전에 반드시 도착해야 한다는 이유 때문에 두 젊은 남녀는 당신의 피가 서늘할 정도인 일련의 모험 속으로 몸을 내던진다……

'악몽 같은 자동차를 타고 여행하기: 수잔이라는 한 젊은 여인이 어린 아기 하나를 납치해서 죽이겠다고 위협하는 두 명의 정신착란자들에 의해 인질로 붙잡힌다. 자기 차로 이 두 명의 미치광이들을 태우고 운전하도록 강요당한 수잔은 자기 목숨과 아기의 목숨을 구하기 위해 탈출구를 찾으려 한다. 〔……〕 미국의 모든 스릴러물처럼 이 작품 역시 위대한 소설이다. 독자는 마음을 사로잡는 이 이야기에서 떨어질 수가 없는 것이다.

마지막으로 장르로서의 서스펜스는 같은 주역들이 다시 등장한다고 해도 연작 형식으로는 출판되지 않는다는 것이 흥미로운 점이다. 이것은 결국 탐정들도 아니고 영웅들도 아닌 이러한 등장인물들에 대한 독자들의 우려가 결국 옳았다는 것을 뜻한다.

4) 작가와 독자

여기서도 충분히 정확한 조사가 행해지지 않은 이유로 이 장르의 독자층을 알아내기가 어렵다. 하지만 이러한 종류의 소설에 있어 여성 작가들의 수가 의미 있을 정도로 더 많다는 것, 여성 잡지들이 그 작가들을 인터뷰하고, 작품들에 대한 서평을 싣는 방식, 더불어 심리학, 감동, 커플 또는 부모·자식간의 관계의 강조는 독자층이 남성들이라기보다는

여성들이라는 것을 나타내는 충분한 근거라는 것을 생각할
수 있다. 그러나 이것 역시 검증이 필요할 것이다.

제6장
추리소설과 문학

I. 복합적이고 복잡한 관계들

우리들은 간혹 추리소설과 문학을 두 개의 상이한 장르라고 여기기도 한다. 그렇다면 이 두 분야 사이에 존재하는 관계의 복합성에 놀라게 되는 것은 단지 작가들과 비평가들의 관점에서만 그러한 것일까?

1) 선구자들의 그림자

우리가 이 책의 제1장에서 제기한 신중함에도 불구하고 어떠한 면에서, 이런 이유 또는 저런 이유로 인해 추리소설의 기원과 관련해 언급되고 있는 '위대한 선구자들'에 대해 이야기할 수 있을 것이다. 그래서 우리는 『코르넬리우스 박사』와 『불가사의한 사건』(그의 작품 전체에 등장하는 보트랭이라는 인물에 대해서는 말할 것도 없이)이라는 작품을 예를 들어 발자크를 언급했다. 또한 『적과 흑』(1830)을 쓰기 위해 1827년 『법정 신문』에 난 사건 기사에서 영감을 받은 스탕달과 『파리의 노트르담』(1831)에서 돋보이는 방식으로 악당들, 그들의 언어, 관습들을 소개하고, 『레 미제라블』(1862)에서는 장발장(무고한 죄수)과 자베르(경찰)라는 두 인물을 추리소설의 핵심적인 양극점이 나타나는 긴 '추적'의 상황에 설정하는(사냥꾼 대 사냥감, 법 대 무법) 빅토르 위고에 대해 언급해야만 한다. 우리는 살인을 중심으로 해서 진행되는 『테레즈 라캥』(1867), 『수인(獸人)』(1890) 등의 여러 글들을 써낸 에밀 졸라Émile Zola의 작품 세계에 대해서도 재차 언급해야 할 것이다. 어떠한 면에서 민중들의 세계를 모든 면에서 묘사하고자 하는 노력과 실증주의에 입각한 과학적 작품을 만들겠다는 의지를 지닌 자연주의적인 입장은 정열에 의해서건 아니면 필요성에 의해서건 저질러진 살인을 감추려 하지 않음으로써 또한 치밀한 조사를 통해 그 살인들을 설명하려고 함으로써 결국은 추리소설과 만날 수밖에 없었다.

2) '인정받은' 작가들과 추리소설

20세기에 프랑스에서 또는 외국에서 '문학적'이라고 여겨지던 많은 작가들이 추리 장르에 포함되는 작품을 최소한 하나씩은 썼다. 여기서 작품들을 모두 소개할 수는 없으며, 그 중 몇 가지를 언급하는 것으로 만족하고자 한다.

우선 폴 부르제 Paul Bourget(1852~1935)를 들 수 있는데, (「사람은 항상 누군가의 제자이거나 화주(火酒)의 미스터리이다」

라는 시론에서) 마르크 앙주노 Marc Angenot는 평범한 출신의 젊은이를 상류 사회에 던져 그를 금방 타락하게 하며, 결국에 가서는 살인을 저지르게 만드는 '한 악마의 정신'에 대한 이야기를 각각의 방식으로 전개시키는 세 권의 책──원고의 상태로 남아 있는 『앙드레 코르넬리스의 정열』(1877~1878), 『앙드레 코르넬리스』(1886) 그리고 『제자』(1889)──을 통해 폴 부르제가 추리소설과 가지고 있는 관계들을 보여준다.

조르주 베르나노스 Georges Bernanos(1888~1948)는 1935년 대부분의 문학사에서 비난받고 잊혀진 소설인 『한 번의 범죄』를 썼는데, 이 작품은 메제르라는 마을에 새로운 신부가 도착한 지 얼마 되지 않아 발생하는 두 번의 살인 사건과 여러 번의 자살 사건을 그리고 있다. 이 신부는 모든 사람에게 호감을 얻지만 매우 미스터리에 싸여 있으며 도망친다. 사실 이 작품은 추리적인 줄거리가 존재들과 그들의 관계들에 대한 성찰에 급속히 밀려나버리는, 주제가 명백하지 않은 소설이다.

클로드 아블린느는 추리 장르의 역사상 가장 유명한데, 그 이유는 그가 아나톨 프랑스 Anatole France의 제자임과 동시에 1932년 『프레데릭 블로의 이중 사망』 그리고 곧 이어 『7호차 15번 좌석』(1937), 『U번의 정기권 이용자』(1947), 『물줄기』(1947)와 『고양이 눈』(1970) 등의 작품을 통해 추리소설 분야에서 '명예스럽게' 인정받은 아마도 최초의 작가를 대표하기 때문일 것이다. 그는 전통적인 소설과 비교해서 추리소설을 평가절하하는 것을 거부함으로써 추리 장르에 대한 인식 확립에 기여했다.

이와 더불어 『추격당하는 사람』(1922)과 같은 파리 시내의 수상한 무리들에 대한 작품들을 발표한 프랑시스 카르코 Francis Carco의 소설 세계 또는 보다 가깝게는 추리소설 애호가이며 많은 추리소설들을 번역한 보리스 비앙 Boris Vian (1920~1959)을 기억해야 할 것이다. 그는 베르농 설리반 Vernon Sullivan이라는 가명으로 폭력성과 에로티시즘으로 소설계에 충격을 가한 『너희들 무덤에 침을 뱉으러 가리라』(1946)를 발표함으로써 스캔들을 일으키게 되고, 그 이후에 『죽은 자들은 같은 가죽을 가지고 있다』(1947), 『그리고 흉측한 모든 놈들을 죽이리라』(1948) 그리고 추리소설에 대한 그의 완숙도를 증명하는 『그녀들은 깨닫지 못하고 있다』(1948)를 발표한다. 그의 최초 두 소설들은 당시 검열에 의해 발매 금지 처분을 받는다.

외국의 경우 이름 있는 많은 작가들이 이 장르에서 명성을 날렸었다. 헤밍웨이는 그의 단편소설 『살인자들』(1920)과 더불어 '행동주의적' 글쓰기를 근거로 추리 장르에 영감을 제공하는 인물들 중의 한 사람으로 여겨졌다. 1904년에 태어난 그레이엄 그린은 『청부 살인업자』(1936) 또는 『세번째 사람』(1950)과 같은 소설들로 유명하다. 포크너 Faulkner는 『성소』

라는 작품을 통해 이 분야에서 가장 음침한 소설들 중의 하나를 써냈다. 판사의 딸인 젊고 예쁜 대학생 템플 드레이크는 부유층 학생들이 다니는 중학교를 몰래 나온 후 머리가 돈 뽀빠이라는 한 악한의 손에 걸려들게 되는데, 그는 옥수수 이삭으로 그녀를 강간하고 나서 창녀촌에 가두어놓는다. 다시 돌아온 그녀는 그에 대해 불리한 증언을 하지 않는다. [……] 또 다른 작품 분위기에서는 스위스의 위대한 작가인 프리드리히 뒤렌마트 Friedrich Dürrenmatt (1921~1990)는『판사와 그의 사형 집행인』(1952), 『의심』(1953) 그리고『약속』(1958)이라는 매우 흥미로운 세 개의 추리소설들을 펴냈다. 그는 이 작품들을 통해 매우 복잡한 방식으로 심리학, 역사 그리고 정치의 관계들을 탐구한다. 그리고 이탈리아에서는 부패와 사회 범죄를 고발하기 위해 경찰이라는 소재를 이용한 레오나르도 스키아스키아 Leonardo Sciascia 이외에도 1980년 움베르토 에코가 발표한『장미의 이름』——1327년 베네딕트파 수도원에서 발생한 사건을 중심으로 이야기가 전개되는 이 소설에서는 추리 장르라는 것이 단지 눈속임이 아닌가 하고 의문을 가질 수 있다 할지라도——을 잊어서는 안 될 것이다.

3) 추리소설과 문학 사이에 위치하는 작가들

이 장르에서 최소한 한 번씩은 이름을 빛낸 작가들 이외에도 끊임없이 문학에서 추리소설로 옮겨와 지속적으로 두 분야에서 집필하거나 어떤 작가들은 그들을 어느 분야로 분류해야 할지 모를 정도로 애매한 때가 있다.

그래서 알랭 드무종은 『가브리엘과 앵초들』(1975)에 대한 전문가들만의 호평 이후에 성공적으로 추리소설로 옮겨갔는데, 그리고 나서 추리물들을 계속 출판함과 동시에 '전통적인' 소설 작업도 재개했다. 또 다른 경우는 다니엘 페나크를 들 수 있는데, '범죄 시리즈'에서 크게 성공을 거둔 그는 『냉혈한들이 행복스럽게도』(1985)와 『요정이 작은 전투를 벌이다』(1987) 이후에 독서에 대한 에세이인 『소설처럼』(1992)을 펴내기 전, 동일한 인물들을 등장시켜 이번에는 갈리마르 출판사의 '백색' 총서에서 1990년 『산문을 파는 소녀』를 펴냈다. 한편 '라네르'라는 패러디조의 연재물 작가였던 클로츠는 파트릭 코뱅이라는 이름으로 '전통적인' 소설들의 작가로서 널리 알려져 있었다. 우리는 또한 추리소설의 역사에서만큼이나 '일반' 문학사에서도 널리 인용되는 조르주 심농을 잊을 수 없을 것이다. 보다 최근에는 르네 벨레토René Belletto(1945년생)가 이러한 분류의 어려움을 말해주는 대표적인 경우이다. 혁신과 실험 문학의 이미지를 가지고 있는 POL에서 주로 출판하면서 그는 자신도 너무 놀랄 정도로 『천상에서처럼 지상에서도』라는 작품을 가지고 1984년 추리 문학 그랑프리를 획득했다(이 작품을 가지고 미셸 드빌 Michel Deville은 「지체하면 위험하다」라는 영화를 만들었다). 사실 『유령』(1981) 또는 『지옥』(1985), 심지어 『기계』(1990)에서처럼 이 소설에서도 추리소설은 글쓰기와 정체성의 추구에 대한 변형들을 지탱하는 짜임새를 이용하고 있다. 이처럼 『유령』에서는 추구하던 것이 결국에는 파괴되고 독자들과 마찬가지로 등장인물들도 닥쳐올 일의 의미에 대한 영원한 의미를 찾아 떠나게 된다. 『천상에서처럼 지상에서도』에서 주인공은 자신이 이해하기 어려운 상황에 처하게 된다. 즉 모든 행위의 관건인 마이크로 필름 속에 무엇이 있었는지 아무도 모르게 되는데, 이 작품은 오히려 관음주의에 대한 성찰을 담고 있다. 『지옥』에서 주인공은 또다시 조작당한다. 그는 어린아이를 유괴한 다음 그 아이가 다시 유괴되도록 내버려두는 것이다.

4) 추리소설에 대한 비평적 관심

작가들이 이룩한 이러한 작품들 이외에도 문필가들 또는 명성 있는 비평가들 사이에 매우 일찍부터 이 장르에 의해 촉발된 관심을 주목해야 한다. 예를 들어 공쿠르 형제는 1856년 7월 16일 자신들의 『일기집』에 다음과 같이 적고 있다:

포의 작품을 읽고 나서. 이것은 비평가들이 아직 보지 못한 그 어떤 것, 새로운 문학의 세계, 20세기 문학의 징후들. 과학적인 기적 같은 일, A + B에 의한 우화; 병적이며 명석한 문학. 분석을 통한 더 많은 시, 더 많은 상상: 예심 판사로서의 자디그, 아라고의 학생으로서의 시라노 드 베르주라크. 편집광적인 그 무엇. 인간들보다 더 많은 역할들을 가진 사물들; 연역들과 생각들, 문장들, 이야기 그리고 관심의 또 다른 원천들에 자리를 양보하는 사랑; 심장으로부터 머리로, 정열로부터 사상으로 옮겨간 소설의 기초; 비극적 사건에서부터 그 해결까지.

한편 보들레르는 포의 작품을 번역했다. 아폴리네르Apollinaire 와 초현실주의자들은 『판토마스』에 매료되었다(데스노 Desnos 는 1933년에 쿠르트 바일 Kurt Weil에 의해 음악으로 각색된 『판토마스의 애가』를 쓴다). 앙드레 지드는 대실 해밋의 문체에 경탄을 금치 못하며, 1943년 3월 16일 자신의 『일기집』에 다음과 같이 적어놓는다:

내가 전에 번역본으로 읽은 적이 있는 대실 해밋의 『말타의 매』를 매우 흥미롭게 다시 읽음(그리고 무엇 때문에 그것을 경이롭게 말할 엄두를 내지 못하는가), 놀라운 『붉은 수확』. [……] 영어 또는 최소한 미국어로 읽으면 대화의 많은 섬세함을 놓친다; 그러나 『붉은 수확』에서는 이 대화들이 대가의 손에 이끌어지며, 심지어 헤밍웨이 또는 포크너보다도 낫다는 것을 보여주며, 그리고 모든 이야기는 능숙함과 집요한 견유주의에 의해 진행된다. 나는 이와 같은 장르에서 가장 돋보이는 것을 읽게 된다.

공쿠르 아카데미의 피에르 마크 오를랑은 1953년 '범죄 시리즈'의 하나인 알베르 시모냉의 『돈에 손 대지 마라!』라는 작품을 위해 서문을 쓰는데, 여기에서 그는 '은어'와 '심리학적인 통찰력'의 기여를 강조한다. 그리고 아라공 Aragon 역시 1961년 1월, 대실 해밋이 세상을 떠나자 『프랑스 문지』에서 그를 헤밍웨이와 포크너보다 높게 평가함으로써 그에게 경의를 표한다.

철학자들과 비평가들도 무관하지 않았는데, 왜냐하면 이 장르와 관련해 브레히트 B. Brecht, 그람시 A. Gramcsi, 프랑크 푸르트학파 철학자인 지크프리트 크라카우어 Siegfried Kracauer, 질 들뢰즈 Gilles Deleuze(「범죄 시리즈의 철학」, 『Arts』), 에드거 모랭 Edgar Morin(「현대적 상상 세계 속의 추리소설」, 『누벨 르뷔 프랑세즈 La Nouvelle Revue Française』), 장 피에르 리샤르 Jean-Pierre Richard(「추리소설에 대한 소론」, 『세계 속의 프랑스어』), 츠베탕 토도로프(「추리소설의 유형학」)의 중요한 저술들과 『글들 Écrits』에 나오는 포의 『훔친 편지』에 대한 유명한 자크 라캉의 세미나를 잊지 않고 언급해야 하기 때문이다.

한 현대적인 인물이 우리가 방금 전에 언급한 추리소설과 문학과의 모든 관계 양식들을 종합하는데, 그는 바로 호르헤

루이스 보르헤스Jorge-Luis Borges(1899~1986)이다. 그는 우선 1933년 『크리티카』에 기고한 유명한 범죄자들에 관련된 글들을 썼다. 그리고 나서 아돌포 비오이 카사레스Adolfo Bioy Casares와 더불어 추리소설의 패러디 작품들을 써서 자신들의 비용으로 출판했으며, 그 직전에도 마찬가지로 다른 작가와 공동으로 『돈 이시드로 파로디의 여섯 가지 문제』(1942)를 펴냈다. 이 작품은 21년 형을 받고 감옥에 갇혀져 한 발자국도 밖에 나가지 않은 채 미스터리를 해결하는 한 인물에 대한 이야기이다. 이와 더불어 보르헤스는 항상 다른 착상으로 글을 쓰면서 강연을 하고, 서문들 또는 이 장르와 그 형식적인 장점들에 대한 비평들을 썼다.

5) 경계의 문제

이렇게 간단하게 살펴보기만 해도 우리가 느낄 수 있듯이 만약 추리 장르와 문학과의 관련성이 많다고 하면 그 분석은 쉽지 않다. 핵심적인 하나의 이유가 아마도 그것을 설명할 수 있을지 모른다. 두 분야를 선험적으로 구분해서 본다면 그 구분 행위 자체가 문제를 제기한다는 것을 경솔하게도 우리는 가끔 잊고 있다. 만약 일상적인 담화들이 상상하는 것처럼 그 경계들이 그렇게 명확하지 않다면 그것은 바로 정의 자체가 명확하지 않다는 것이다. 문학성에 대한 연구가 입증하듯이 이론적인 테두리 밖에서는 문학의 정의가 그다지 명백하지 않다는 것을 우리는 흔히 과소 평가하고 있다. 또 다른 관점에서 출발하여 추리소설이라는 것을 밝히고자 할 때도 역시 마찬가지다. 여기에서도 의견 일치가 성립되려면 아직 멀었다. 이것이 바로 우리가 이러한 관계들의 문제를 필연적으로 '애매모호한' 형식화의 입장에서, 주제적이고 형식적인 관점들에서뿐만 아니라 역사적인 측면에서도, 신중한 방식으로 다시금 생각해보아야 할 이유인 것이다.

보충적으로 말하자면 우리가 다루고 있는 공간은 모순적인 입장들로 꽉 차 있다는 것을 잘 주목해야만 한다. 작가들과 『문학 Littérature』지 비평가들과 더불어, 이들이 절대적으로 추리소설을 무시하든지 아니면 높게 평가하든지, 자기 폄하를 하기 위해서 또는 반대로 『문학』지를 비난하기 위해서 문학과 같은 것이라고 주장하며, 모든 차이를 부정하는 추리소설 작가들과 비평가들이 존재한다. 그래서 장 파트릭 망셰트는 『문학』지(n° 49, 1983년 2월)와의 인터뷰에서 다음과 같이 확언한다: "나는 선택에 의해서 '범죄 시리즈'의 방식으로 출판했다. 우리는 이 선택을 필요성이라고 부를 수 있다. 예술적인 의도를 지니고 있는 글쓰기는 나에게 비천함으로 여겨진다."

우리가 확인된 상호 작용들을 좀더 잘 설명하기 위해서는 지지하거나 변호하는 이러한 입장들 전체를 초월하려고 해야 할 것이다.

II. 추리 장르의 역사로 되돌아가기

1) 문학과 공통된 역사

사실 원하든 원하지 않든 추리소설은 우리가 살고 있는 오늘날까지 소설과 문학의 역사를 동반하고 있으며, 몇 가지 사실들을 강조할 필요가 있다. 첫째로, 추리소설은 19세기 후반기에 그 현대적 의미를 본격적으로 드러내며, 그것은 그때까지 평가절하된 모든 소설들처럼 자신의 정당성을 주장하기 위해 투쟁해야만 했었다.

또한 탐구 문학 또는 아방가르드 문학과 대중 문학 사이의 대립 그리고 장르의 분리(이국적인 모험물, 스파이물, 감정물, 추리물, 아동용소설 등)가 형성된 것도 바로 이 시기부터이다. 추리소설은 바로 이 시기에 형성되며, 우리가 사는 이날까지 지속하게 된다. 추리소설은 특정한 경향을 지니고 대량 소비의 문학으로 자리를 옮기지만 다른 장르들보다 덜 평가절하된 중개적인 입장을 간직하게 되는 것이다. 한편으로는 우리들이 살펴본 것처럼 그것이 아마 다른 것들보다 더 '남성적'이고 더 심각하게 보이기 때문일 것이다. 또한 그것이 거리를 유지할 줄 알고 점점 더 자격을 잃어가는 연재소설을 패러디할 줄 알기 때문일 것이다. 이와 더불어 추리소설이 주인공, 줄거리, 사실주의, 이야기의 마무리와 같이 19세기말 '예술적인' 소설에 의해 잘못 설정된 부분과 소설의 위기를 간직하고 이용하며 능숙하게 처리했기 때문일 것이다. 그 결과로——그리고 이러한 중개자적인 입장에 의해서——추리소설은 자신의 내부에서 대량 소비의 소설(시리즈물)과 실험소설의 대립을 재생산하는 아마 가장 다양화된 장르일 것이다.

인쇄 매체와의 결별을 통해 소설 일반으로 태어나서 문학에 의한 위협으로서 이 시대를 점철한 추리소설은 문학의 곁과 내부에서 기원부터 오늘날까지 그 작동의 방식들, 그 작품들, 그 작가들, 그 주제들, 그 인물들 그리고 그 줄거리들 등에 의해서 문학과 동반자적 관계를 유지하고 있는 것이다.

2) 현재의 정당화

이러한 일반적인 현상은 제2차 세계 대전의 종말 이후 프랑스에서 추리소설에 대한 인식이 높아지는 현상과 더불어 진행된다. 우리는 사회학적 연구 방식(그리고 특히 뤽 볼탄스키 Luc Boltanski의 연구)이 만화책과 관련해 이용했던 일정한 수의 지표들을 근거로 하여 아마 이러한 것을 짐작할 수 있을 것이다(「만화책 분야의 구성」, 『사회 과학에 있어 조사 활동들』, n° 1, 1975년 1월 참조).

무엇보다도 우리는 외부적인 권력과의 관계, 특히 경제적인 제약과 관련된 부분에 있어서 자율성의 확보 움직임을 감지해낼 수 있다. 작가들은 더 많은 독립성을 확보하게 되고, 문화 창조자로서의 지위를 확립하기 위해 출판사의 굴레에서 벗어난다. 그들은 익명성에서 뛰쳐나와 예술적 소유권을 요구한다. 월급제 혹은 정액제에서 저작권으로 옮겨가면서 그들이 대가를 지불받는 형식은 다양해지고 발달하게 된다. 그들의 노하우는 이론화되고 학술적인 연구, 더 나아가 대학 차원에서 연구의 대상이 된다.

이러한 움직임은 많은 예들을 통해 설명될 수 있다. 따라서 만화책(추리 만화이든 스파이 만화이든)에서 한 작가 말하자면 유일한 작가(알푸Alfu의 『아르노의 대간첩작전』 참조)가 인물 또는 시리즈 전체의 소유를 위해 투쟁하는 것을 이해하는 것이 가능한 것이다. 같은 모델(추리 장르의 초기 시대에 작가들은 몇몇 총서들의 경우 앵글로색슨적인 가명을 취했다)에 의거해 강요된 가명을 지닌 작가들과 본명을 유지하거나 그들의 고유한 방식에 따라 가명을 선택하는 작가들의 대립이 보여주었던 것처럼 이러한 상황에서 작가의 이름은 중요한 의미를 지니게 된다.

이와 더불어 그 이후에 경제적인 가치(판매된 책의 수량)는 미학적인 가치에 비중을 많이 두는 방향으로 출판인들과 작가들의 담화에서 변화되기 시작했다. 출판된 작품들은 보관되거나 재출판되었는데, 이는 증대되는 관심, 작품들에 대한 중요성과 그 잠재적 지속성을 파악할 수 있는 단서가 된다. 서점들이 환불을 위해 단지 표지들만을 출판사로 돌려보내는 관행들 또는 다른 작가명이나 다른 제목으로의 재출판은 사라지게 된다. 각자(출판업자, 총서, 작가)는 자신들의 특별성 또는 독창성을 드러내기 위해 노력한다. 전문적인 카탈로그, 서지 목록 그리고 주해들이 모습을 드러낸다. 육필 원고 또는 초판본 시장과 같은 시장들이 형성된다. 제도적인 차원에서, 분리된 보관 장소들이 등장한다. 예를 들어 추리 문학 도서관은 1984년에 세워졌다. 총서들은 리프린트, '고전 총서' '명작 총서' 그리고 미간행 작품들과 구하기 어려운 작품들 모셔오기 등의 경향을 드러낸다. 따라서 이 분야의 출판 대리인들은 상업적 관행, 집단적 글쓰기 그리고 시리즈물에 대해 점증하는 불신을 나타내고 있다.

이러한 움직임은 물론 독자층이 발달하고 다양해질 경우에만 가능하다. 판매 잠재력 덕분에 보다 많은 글쓰기의 가능성들이 출판업자들과 작가들에게 부여된다. 부차 문학적인 장르들이 자리잡게 되는 현상은 문맹 퇴치의 커다란 진보와 맞물려서 발생하며, 오늘날 특정한 장르들의 비약적 발전(공상 과학, 추리소설 등)은 의무 교육의 연장과 그에 따른, 과거에는 배제되었거나 금방 포기되었던 카테고리들에 대한 연구에의 접근과 연결될 수 있다는 것은 매우 주목할 만한 사실이다. 문화적인 수준이 떨어지고 경제적으로 덜 넉넉한 독자들은 접근하기가 덜 '어렵고' 전체적인 사전 지식들이 덜 필요한 책들을 찾게 된다. 그들은 애호가들의 그룹 또는 동호인 잡지들에서 서로에게 가치를 부여하며 정당화되지 못한 이러한 출판물을 통해 학교와 대학에서 배우는 관행들을 옮겨놓는다.

우리는 또한 인기 순위 목록의 탄생과 더불어 (호화 장정본을 구입하지 못하는 가난한 자들의 수집 욕구를 채워주는) 총서들의 발달 그리고 동호인지들의 증대 (추리물에 있어서는 『에니그마티카』『범죄의 친구들』『비정한 딕스』 등 참조) 현상을 목격한다. 따라서 추리소설을 근간으로 하는 활동들의 형태들이 이 장르의 가치 부여 의지와 더불어 지속적으로 발달하게 된다. 이러한 측면에서 문체 ('문학의 이론들'에 대한 지체된 형태들에 있어서도) 또는 학술적인 작업(1982년 8월 5~15일까지 열렸던 이 분야 최초의 학회인 스리지학회 Colloque de Cerisy는 그 제목이 '추리 이야기와 문학'이었다)에 있어 틀로서 이용되는 문학/부차 문학이라는 구분에 대한, 질문들에 대한 토론들이 표출되는 현상은 시사하는 바가 크다.

작가들도 그들 나름대로 변화하고 다양해진다. 보다 정당화된 글쓰기의 실패로 인해 혹은 '성공'하겠다는 의지에 의해 혹은 글의 종류야 어찌되었든 작가의 지위는 그 속에서 이미 높게 평가되었으며, 자신들의 텍스트, 심지어 독자들에게까지 냉소적인 거리를 유지하거나 또는 커다란 겸손함을 보이던 독학의 자연스런 결과로 인해, 그 자리에 도달한 첫 세대를 이어 후속 작가군의 새로운 세대가 그 뒤를 잇는다. 흔히 상승중에 있는 중산층 출신들이며, 보다 큰 문화 자산

(중고등학교를 마치거나 또는 졸업까지는 아니더라도 대학 교육을 받음)을 지닌 새로운 세대의 작가들은 그들 활동의 예술적 가치를 확인하고 그것을 영원히 기리려고 한다. 그들의 담화는 그들 이력의 선택을 '개량하고' 그들의 관행들을 정당화시키며 '성취한 작가들'과 '문학적' 작가들에 대항해서 그들이 지니는 원망의 감정들을 이론화시킨다. 게다가 그들의 행태는 흔히 아방가르드 작가들의 행태들과 유사하다. 즉 그들은 문학의 쇄신 또는 미래라는 논리로써 자리매김을 한다. 그들은 과거 아방가르드들에 의해 이용되었던, 지배받던 장르들(자신들의 신문·잡지에 서로 비평을 싣거나 만화와의 협력, 클레이즈의 작품을 위한 표지 그림 등) 혹은 예술들(영화의 시나리오들)간에 행해지던 제휴의 관행들을 되찾게 된다. 결국 지난 30년 동안 1968년 5월 혁명을 체험한 많은 작가들의 궤적에 대한 의문을 제기하는 작업이 남게 될 것이다. 그들이 글쓰기 분야에, 상이한 사회적 비전들과 지배당하는 자의 지위를 옮겨왔다면 (반(反)영웅, 패배자들 등 참조) 그들은 또한 사회 체제적인 분석 능력과 다른 준거들을 지니고 잠재적으로 정당한 담화들을 위험에 빠지게 할 수 있는, 다른 장소에서 확인되고 검증된 특정한 문화를 가져온다. 이렇게 정치적으로 상이한 작가들과 '좌파적' 작가들을 갖춤으로써 이 장르는 지배적인 또는 기존의 이데올로기를 재생산한다는 비난을 덜 받게 된다.

같은 맥락 속에서 기존의 다른 체제들이 자신을 인정해주지 않는 상황에 대해 반발하며, 자신들 영역의 자율성과 그 가치들의 특수성을 주장하며 자신들의 위치 확립을 위한 독자적인 모임들이 많이 만들어진다. 이 시기는 또한 전문 서적들과 출판사들의 탄생, 잡지의 번성, 문학상, 문학 관련학회, 각종 회의들의 시대이다.

'인내와 정성을 요구하는 일'(『흑인 세계 속으로의 끝없는 여행』)로서 갈채를 받는 작품들을 생산해내는 등 비평적 담화에 경쟁적으로 박식함을 늘어놓음으로써(출처들, 연보, 이력, '계보') 비평가들은 자신들이 연구하는 분야의 전문성을 확고히하려 한다. 이완된 절충주의의 시대는 이제 막을 내리며, 보다 권위 있는 출판 대리인들과의 접촉이 증가한다. 더욱이 이름 있는 작가들이 이 장르에서 시험삼아 글을 써보고 '전통적인' 출판인들이 총서들(1985년 메르퀴르 드 프랑스 출판사의 '완전 범죄' 등)을 펴내거나 이 작품들을 문학 총서의 형식으로 출판하는 현상이 나타나기 시작한다. 그리고 추리소설 분야에서 활동하던 스스로 습득한 또는 문화적으로 덜 갖추어진 비평가들에 뒤이어 정평 있는 방식으로 활동을 하는 외부적인 또는 대학 강단의 비평가들이 등장한다. 그러한 예로 잡지들 또는 이론서들에 실리는 소논문들(『산문의 시학』에서 토도로프, 『시학과 문학』에서 아이젠츠바이크 Eisenzweig 등), 잡지들의 한 호 전체(『유럽 *Europe*』지, 『문학』지 등), 총서들 중의 작품들 또는 대학 출판사들의 작품들, '크세주? Que sais-je?', 학술대회, 석사 과정 그리고 박사 과정의 논문류 등을 들 수 있다. 또한 점진적으로 이 장르를 문화 세계의 영역에 편입시키려는 일련의 대중용 서적들 또는 소논문들, 일련의 교재들이 발달한다. 아울러 문학에 대한 선정 기준과 같은 성격의 기준 속으로 작가들과 작품들이 편입되는 현상에 선행하고 또 그것을 진작시키는 사전들, 백과사전들 혹은 선집들과 같은 출판물들의 출현에 대해 언급하는 것이 마땅하다. 심농은 이러한 궤적의 전형적인 경우로 드러난다.

보충적으로 작품들은 문학의 장을 본받아서 형식적인 실험을 추구하고 독창성을 높이는 아방가르드적인 생산, 고유한 문체의 추구, 패러디와 암시, '옛것'에 대한 인용, 이 장르와 그 역사에 대한 자기 준거 행위, 의도하는 효과의 완곡화와 더불어 다양해져간다. 소위 '학파들'은 번창하고(신추리소설) 어떤 비평가들은 아방가르드적인 주장까지 전개시킨다(스테파노 타니 Stefano Tani의 「사분된 탐정」, 『디오젠느 Diogène』지 참조). 패러디는 더 깊은 관찰을 할 수 있는 흥미로운 방법임이 밝혀진다. 그것은 사실 처음에는 추리소설이 추종한다고 여겨지는, 인정된 기존의 문학 작품(비아르 Viard와 자카리아 Zacharias의 작품들 참조)들을 변형시킴으로써 생겨나는데, 그런 연후에 그 자신의 방법적 자율화 그리고 점점 더 명백해지는 자기 준거 행위의 표식인, 자기 장르의 작품들 자체에 대한 고유한 패러디가 이루어진다.

마찬가지 방식으로 추리소설의 가장 전형적인 특징들을 엿볼 수 있는 요소인 등장인물들은 사립 탐정들, 여인들 또는 동성 연애자들, 흑인들 또는 좌파 지식인들 등의 등장과 더불어 끊임없이 변화의 과정을 겪는다. 구조와 형태의 차원에서 관점들에 대한 변형들, '공허한' 탐색들, 격자 구조화 등과 같은 새로운 것들을 흔쾌히 받아들인다. 탐정들은 오래된 싸구려 잡지들을 즐기거나(프론치니) 이 잡지들의 주인공들과 동일시됨으로써 현실과 상상의 경계를 혼돈스럽게 만든다(쇼어). 작가들은 고전적인 문제들(밀실)의 변형들 또는 적용되지 않은 해결 방식들을 찾으려 하거나 또는 글쓰기의 양식과 이 장르의 원형들(망셰트, 모노리 등)을 체계화한다. 다른 한편으로 어떤 작가들은 텍스트의 유형들 사이에 존재하는 경계들을 흐트러버린다(효르스버그 프루테로 그리고 루첸티니 등). 이렇게 해서 우리는 주어진 한 장르의 역사와 특징들에 대한 인식과 그 형태들의 다양함 사이에 존재하는 조화를 목격하는 상황에 도달한다. 결과적으로 우리는 이 장르의(문체적 · 형식적 · 구조적 등) 코드들과 그 (총서로서의, 생산자로서의) 한계가 놀라운 방식으로 사라져가는 것을 지켜보게 된다. 그래서 그것은 문학만큼이나 포착하기 힘들게 되어버리려는 경향이 있다. 해밋에서부터 보르헤스까지 어디에서 시작하고 어디에서 끝나는지 알아내는 것은 매우 어려운 일이다.

Ⅲ. 주제와 상상

1) 자유분방한 상상계와 의고주의

상상계의 장면이 문학을 통해 적극적으로 드러나는 현상을 보며 사람들은 추리소설이 이러한 종류의 표현 형식에 참여하거나 많은 작가들을 매료시킨다는 것을 이해하게 된다. 프랑시스 라카생 Francis Lacassin(『추리소설의 신화』) 또는 마르크 앙주노(『대중소설』)와 같은 이론가들은 이러한 차원을 좀더 잘 파악할 수 있도록 했다.

『판토마스』 경우에서 우리가 언급한 것처럼 이러한 상상계를 표현하는 것은 특히 무엇보다도 이성적인 통제와 수정을 그다지 가하지 않고 행해지는 신속한 글쓰기에 많은 비중을 둘 수 있다. 이것은 현상들이 서술적 일관성을 벗어날 수 있도록 허용하며 새로운 발상들, 신화적인 또는 무의식적인 요소들 등이 자연스럽게 피어나도록 한다. 따라서 아폴리네르와 초현실주의자들이 꿈들과 이미지들의 멋진 공급자일 것 같은 이러한 유형의 텍스트에 흥미를 느꼈었던 것은 그리 놀랄 일이 아니다. 자동 기술에 대해 구태여 이야기하지 않는다고 해도 이성의 통제를 그토록 정지시키는 글쓰기가 초현실주의자들의 흥미를 유발시킬 수밖에 없음은 너무도 명백하다.

또한 우리는 마르크 앙주노의 뒤를 이어 대중소설 속에서도 발견되는, 집단 상상계에 속하며 사건 사고에서까지 오늘날에도 지속되고 있는 다음과 같은 비중 있는 주제들을 지적해야 한다:

──우연과 일치에 대한 믿음.

──어둠 속에서 일어나는 선과 악 사이의 투쟁을 의식하는 공모의 사고.

──가치의 이원적 흑백론.

──악인들에 의해 생겨난 잘못들 그리고/또는 정의롭지 못한 사회를 바로 세울 수 있는, 법의 경계 밖에 존재하는 프로메테우스적인 영웅에 대한 희망.

──탄생의 미스터리들.

──무고한 사람들에 대한 박해.

──복수와 보상의 의미 등.

그것은 오늘날까지 많은 소설적 담화들 속에서 때때로 발견할 수 있는 집단 무의식의 강력한 주제들과 깊이 관련된 듯 보인다. '정당성을 이미 획득한' 문학은 어떠한 면에서, 특히 가장 대중적인 그 주변부에서, 이 주제들과 거리를 두려고 하려는 반면, 추리소설은 이러한 주제들을 끊임없이 부활시키려고 한다. 이 부활의 작업은 많은 사람들에게 문제점 투성이로 여겨지는 세계에 대한 의미를 재구성시키고, 꿈을 제공하며, 아울러 문학으로 하여금 이 주제들을 양식으로 삼아 성장케 하고, 에너지를 되찾도록 하며, 거리를 유지할지라도 중요한 지표들에 대한 최소한의 인식을 갖도록 하면서 이루어진다.

이러한 집단 상상계와의 연관 속에서 보다 뚜렷이 드러나는 방식으로, 추리소설을 통해서 지속적으로 나타나는 반복적이며 의고적인 이미지들을 분간해내야 하는데, 이 이미지들이 바로 장 클로드 바레유에 의해 다음과 같이 분석되었다: 사냥, 추적자와 사냥감, 실마리들과 함정들, 추적으로서의 사건 조사, 야생 동물로서의 범인의 이미지들. 이 점에 있어서도 마찬가지로 그러한 요소들의 드러남은 추리 장르의 초기 작품들과 가장 인기 있는 그 주변부들에서 명백하게 보여지지만, 비록 거의 모든 작품들에서 완곡화되었다고 할지라도, 그러한 요소들이 여전히 발견된다는 사실을 재차 인정하지 않을 수 없다.

이것은 이 장르의 일부분이 온전하게 집단적·대중적 심지어 의고적인 상상계에 의해 작동된다는 것을 의미할 것이다. 이것은 교양 있는 많은 사람들의 이 장르에 대한 강한 거부감을 설명할 수도 있을 것인데, 이들에게는 이 작품들이 모험과 이국 정서의 취향, 동일시 그리고 가장 즉각적인 감동들에 호소함으로써 현실을 왜곡하고 꿈꾸게 만들며, 오로지 기분전환을 시키는 데만 유용한 '원시적' 작품들일 뿐이다. 어떤 면에서 정신 분석학자인 제라르 망델 Gérard Mendel

(「심리 분석과 부차 문학」, 『부차 문학에 대한 인터뷰』)이 부차 문학의 인물들과 문학의 인물들을 대립시켰을 때 그는 이러한 의미를 암시하고 있었던 것이다. 그에 따르면 모든 여성들을 별 문제없이 유혹할 수 있고, 적들을 커다란 어려움 없이 이겨내는 부차 문학의 주인공들은 유아 발달에 있어 매우 원시적인 단계, 어머니의 끝없는 사랑에 대한 추억 그리고 전능에 대한 환상들을 연상시킬 것이다. 반면에 보다 섬세한 문학의 인물들은 그들의 욕망뿐만 아니라 실패, 한계, 저항도 보여준다. 그들은 보다 성인적인 세계관에 속한다고 할 수 있을 것이다.

매우 도식적인 이러한 대비는 시리즈물(SAS, 산 안토니오 등)만을 근거로 해서 이루어졌다는 것을 반증으로 적절하게 내세울 수 있을 것이다. 그러나 상당히 흥미롭게도 또한 심지어 그것을 거부하면서까지 레이몬드 챈들러는 말로위(1951년 10월 잉글리스에게 보낸 편지)와 관련하여 이러한 대비를 다시 이용한다: "나는 내 친구 필립 말로위가 자신의 정신이 성인처럼 성숙한가, 그렇지 않은가 하는 문제에 대해 완전하게 무관심하다는 것을 믿는다. 내 경우에도 마찬가지라는 것을 인정해야만 한다. 〔……〕 만약 부패한 사회에 대해 반항한다는 사실이 성숙의 결핍을 의미하는 징표라고 한다면 필립 말로위는 확실히 유아적이다."

하지만 근거가 없지 않은 이 같은 입장은 너무 급작스럽게 많은 현상들을 배제시킨다. 사실 문학은 기분전환이며, 감정과 동일시에 대한 유희이며, 독서의 즐거움이다. 읽는 취미는 이러한 기질을 통해 어린 시절(작가들의 자서전들 참조)에 형성되며, 긴장 완화를 위한 성인들의 독서는 이를 입증한다. 이것은 최소한 부분적으로는 주제의 욕망과 환상들을 연상케 할 뿐이다. 무슨 이유에서 그것을 비난하는가? 이러한 틀에서 추리소설은 세 가지 보충적인 기능들을 수행한다:

──추리소설은 독자들에게 동일시할 수 있는 인물들을 제공한다.

──추리소설은 문학이 정당화시키고 (누보 로망 참조) 탐구 추리소설들이 (그것들을 패러디하거나 복잡하게 만들거나 해체시키면서) 변형시킬 수 있을 주제들과 인물들의 공급자이다.

──추리소설은 문학이 재이용할 수 있거나 또는 변형시킬 수 있는 감동들에 대한 효율적인 기술적 작업의 공간이다.

2) 그 작품들에 나타나는 죽음

보다 근본적으로 추리소설은 그 표지 또는 그 명칭(범죄소설을 프랑스어로는 roman noir라고 하는데, 여기서 noir는 형용사로서 '검다'는 의미를 가지고 있다: 옮긴이)이 입증하듯이 '어두운' 세계를 연출하는 것이다. 장 파트릭 망셰트(이 책 앞부분의 p. 199에서 인용된 인터뷰에서)는 다음과 같이 적고 있다:

"물론 추리소설은 사회적으로 볼 때 항상 범죄와 불법 행위로 물화된 부정적인 인물을 주제로 삼는다는 특성이 있다." 그의 세계는 어둠의 세계, 살인의 세계, 법적이며 아무런 문제 없는 공식적인 이야깃거리의 반대편에 있는 세계이다. [……] 그것은 카드 밑바닥의 세계이고 사람들, 비밀들, 장소들 그리고 주변적 인물들의 감추어진 면들의 세계이다. [……] 그것은 또한 불법적 또는 숨겨진 정열들, 가장 미칠 듯한 욕망들, 사회적 위반 행위의 세계이다.

이러한 측면에서 볼 때, 특히 서스펜스와 범죄소설에서 추리 장르는 끊임없이 죽음의 충동인 타나토스에 대한 질문을 던진다. 만약 어떤 이들이 생각하듯이 에로스와 타나토스가 모든 정신적인 생명과 모든 창조의 토대를 이루고 있다면, 이 장르가 그 독자들과 문학에 일반적으로 행사하는 마력을 보다 쉽게 이해할 수 있다.

모든 우리의 문학에 떠돌고 있는 죽음은, 그것을 몰아내거나(미스터리소설에서는 죽음을 밝혀내고, 서스펜스소설에서는 죽음이 발생하는 것을 막기 위해서) 승리하는 편은 항상 죽음이라는 것(범죄소설에서)을 알면서도 그것에 대항하기 위해 사람들이 수많은 변형들을 가하는 가장 근본적인 대상이 된다. 더욱이 벤자민의 소설인 『공포탄』에 등장하는 탐정은 다음과 같은 결론을 내리기도 한다: "나는 상황들로 하여금 죽음을 가져오게 하는 사람으로 되어 있으며, 현재 나는 내가 창조한 유령들에 의해 둘러싸여 있다."

이렇듯 전능과 환영이라는 환상의 대척점에서 범죄소설은 사회의 부정적인 면과 우리가 안고 있는 부정적인 면, 그리고 우리를 동반하며 우리가 피할 수 없을 죽음을 환기시켜준다. 이러한 의미에서 그것은 우리 문학을 구성하는 비판 의식과 비극적 세계관의 성격을 지니는 것이다.

3) 비판 의식

이러한 비판 의식은 추리 장르를 옹호하기 위해 많은 작가들과 독자들에 의해 주장된 논거이다. 이들은 세상을 아름답게 바라보는 세계관의 대척점에, 대실 해밋과 레이몬드 챈들러의 추리소설에서부터 1968년 5월 혁명의 후계자인 프랑스 신추리소설에까지 두루 나타나는 사회 비판을 내세운다.

이론의 여지없이 사회 정치적인 전통과 비판적 차원이 이 장르에 존재한다. 여기에는 또한 계산된 주제들(범죄, 인종주의, 부패 등) 또는 많은 작가와 독자의 담화뿐만이 아니라 사건 사고와 시사적 문제들과의 관계도 드러난다. 다에닝크스, 빌라르, 종케 등과 같은 현존하는 작가들이 변함없는 증거들을 제시한다.

여기에 패배의 인물들, 다시 말해 범죄소설의 그 유명한 패배자들을 포함시키는 것이 적절할 것이다. 단순히 신화적인 영웅의 모습과는 거리가 먼 중요 인물은 자신의 가치에 의

거해 타락한 세계에 대항하여 싸우는 것이다. 패배자는 소외되었지만 그가 가지는 가치들 자체는 연구 대상이 되었다. 어떤 문학 사회학자들(루카치, 골드만 등)에 따르면, 이 인물 유형을 통해 사람들은 자신의 가치에 대해 확신을 가지며, 문제가 없는 세계에서 자신이 속한 공동체의 대표자인, 서사적인 영웅은 아주 다른, 소설적인 인물의 존재 자체를 형성하는 것이 무엇인지를 이해하게 될 것이다. 이렇듯 추리소설의 가장 전형적인 하나의 인물 유형이 일반적인 소설의 작동에 있어서는 바로 수수께끼적인 인물 유형이 되는 셈이다.

같은 사회학자들에 따르면 패배자, 즉 환상을 갖지 않고 투쟁하는 이 고독한 반(反)영웅 역시 이러한 소설 유형에 대한 일부 지식인들의 취향을 설명할 수 있을 것이다. 그 특유의 방식으로 패배자는 '불행한 의식'의 이미지를 지닌 인물 유형을 암시할 것인데, 사람들이 자신의 이야기에 충분히 귀기울이지 않고 자신들이 부당하게 평가받고 있으며 또한 사회를 고발하는 자신들의 행위가 전혀 인정받지 못하고 있다고 여기는 많은 지식인들은 이 인물 유형 속에서 자신들의 모습을 발견한다.

이렇듯 흥미로운 방식으로 비판 의식은——패배자를 통하여——작품으로의 동일시와 상상계를 향해 지적인 세계에서 구성될 것이다.

4) 정체성, 외디푸스 그리고 의심

한 가지 추가적인 요소에 대해 거의 모든 비평가들에 의해 공감을 표시했는데, 그것은 바로 정체성에 대한 의문이다.

사실 이 주제는 매우 많은 추리소설들에서 이용되었다. 이것은 변장 또는 거짓 신분들, 진짜 정체 찾기, 기억상실증, 모든 인물들의 '진짜' 삶을 점진적으로 드러내기, 각자에게 지워지는 의혹들 또는 우리가 앞서 강조한 희생자와 공격자 또는 조사자와 공격자 사이의 유사성들을 생각해보면 알 수 있다. 그 경계선들은 희미해지며, 사람들은 한결같이 누가 누구이고, 누가 무엇을 했으며, 누가 그러한 인물인지 등에 대해 궁금해한다.

이 주제를 이야기의 중심부에 놓은 작품들은 수없이 많다. 『황색 방의 미스터리』『상복을 입은 부인의 향수』(자신도 모르게 자기의 어머니를 사랑하게 되고, 아버지를 자살로 몰고 가는 룰르타비유의 경우), 심농의 『성 피아크르 사건』(자기를 사랑하던 양아들에 의해 한 어머니가 살해당한다); 세바스티앵 자프리조의 소설들인 『신데렐라를 위한 함정』 또는 『살인적인 여름』, 마르크 벰(『죽음의 등산』) 또는 알렉상드르 루(『모친 살해』) 등의 소설들이 여기에 속한다고 할 수 있다.

많은 다른 비평가들을 뒤이어 자크 뒤부아 역시 오랫동안 이 사실(「외디푸스가 왕인 장르」, 『추리소설 또는 근대성』)을 분석했다. 미스터리와 사건 조사라는 요소를 결합시키며, 각자의 정체를 밝혀내려고 하며, 생의 실책이라는 것이 도처에서 발견되며, 사건 수사자가 범인이 될 수 있는 것처럼 역할들이 유사한 관계로 상호 교환 가능하며, 탐정은 바로 자신이 범인인 것을 어느 정도 알고 있는 이 추리 장르에서 사실상 어떻게 외디푸스적인 이미지를 다시 이용하지 않을 수 있겠는가?

이것은 두 가지 중요한 결과를 암시한다. 첫번째로 추리소설은 외디푸스적인 주제를 끊임없이 각색하여 등장시킴으로써 사실상 문학, 소설, 그리고, 정신 분석학자들에 따르면 우리가 가지고 있는 정신적인 삶의 구조를 결정하는 신화에 대부분 근거해서 만들어지는 창조 행위의 핵심부에 위치한다. 만약 마르트 로베르 Marthe Robert(『기원의 소설, 소설의 기원』)의 주장에 따른다면 이것은 어쨌든 사실주의 소설, 다시 말해 '사생아'의 소설의 중심부에 위치한다. 유아들이 상상계의 기원을 어떻게 형성시키는가를 연구한 프로이트의 「신경 쇠약 환자들의 가족 소설」이라는 소논문을 근거로 마르트 로베르는 실제로 소설의 중요한 두 가지 형식을 대립시킨다. 한편으로는 경이로운 문학인데, 이것은 세계의 현실을 고려하지 않는 '~처럼'의 문학으로서 찾아진 왕 또는(아이가 자신의 부모들을 그들보다 높은 서열의 부모들로 대체하는 전(前)외디푸스 단계를 암시하는) 아기 왕의 문학이며 또 다른 한편으로는 외디푸스적인 '사생아'의 소설인데, 이것은 사실주의 문학을 장식하는 소설로서 라스티냐크 Rastignac처럼, 특히 여성에 의해 세상을 정복하려 한다(이 경우 암시는 아이가 '단지' 그의 아버지만을 거부하는 성적인 단계에서 일어난다). 마르트 로베르는 이 점과 관련하여 다음과 같이 적고 있다(p. 60) :

사생아는 아버지를 교체하거나 모방하거나 또는 자신의 갈 길을 결정하며, 아버지보다 더 멀리가기 위해 끊임없이 그를 죽이게 된다. 실제로 발생한 사건에 의해서가 아니라 심지어 자신의 상상에 의해서 이미 그 자체로 완전한 범죄자인 그는, 부끄럽고 속죄와 징벌에 시달리는 범인이라는 자기 존재의 한계에 의해 분노한 상태에서, 자신의 허위 의식과 반항 의식의 주위를 끊임없이 맴도는 탈선의 주기 속을 향하여 자신의 뜻에 따라 소설을 이끌어간다. 자신의 핵심적인 문제들을 정당화시키기 위해 어떠한 말을 하든지간에 살인, 전복, 왕위의 찬탈은 그 자신의 법인 것이며, 이것은 흔히 그가 유달리 내세우는 외형적인 도덕주의에서조차도 다를 바가 없다.

두번째 결과: 자신의 고유한 주제적 논리에 의해 움직이는 추리소설은 문학적 현대성과 만날 수밖에 없었고, 그것의 흥미를 끌 수밖에 없었다. 우선 그것은 전반적인 의심의 상황을 설정하는데(N. 사로트의 『의심의 시대』 참조), 왜냐하면 확

실함 또는 명백함이란 더 이상 존재하지 않기 때문이다. 정말로 진행되었던 이야기, 인물들의 정체 등 모든 것이 재구성해야 할 대상들이다. 누보 로망과는 다른 방식인 특유의 방법으로 추리소설은 소설적인 전통에 대한 하나의 비판이기도 하다. 어떠한 요소도 신뢰할 수 없으며, 시간의 흐름은 교란되고 동일한 사건에 대한 견해들은 다양하며, 화자 자신조차도 독자를 혼란시킬 수 있다.

추리소설은 또한 자신의 주제적인 논리에 의거해서 재구축되어야 하며, 항상 불확실한 정체성과 의미의 추구를 통해 문학적 현대성과 만나게 된다. 우리는 그것이 바로 누보 로망, 텔켈 Tel Quel, 그리고 많은 작가들에 의해 제기된 중요한 질문들 중의 하나와 관련된 것임을 알고 있다. 추리소설은 그것을 '저절로'(이것이 바로 그 기반을 이루는 것이다) 또는 암시적으로(프루테로와 루첸티니의 『존재의 탐구』 『왕초의 밤』 등) 실현시킨다. 이렇게 함으로써 추리소설은 부차적인 관심 이상의 그 무엇을 불러일으키며, 어떤 경우에도 이야기의 짜임새, 다시 말해 일관성을 유지하기 위해 충분히 잘 짜여진 '서술적 장치'를——정체성과 그 의미에 대한 질문 제기를 통해서——자기 파괴와 해체를 의식하는 소설들에게 끊임없이 제공한다. 사건 조사와 탐정의 도움을 요청하는 서술적인 앞모습의 이면에서 허구와 실제와의 관계, 각각의 정체성, 이중의 주제 등에 대한 질문들을 끊임없이 던지는 폴 오스터의

『뉴욕 3부작』(1985년 『유리성』, 1985년 『돌아온 자들』, 1986년 『도둑맞은 방』)이 이러한 경우이다. 여기에서 이야기 자체와 그 의미는 독자를 피해나가고 만다. 게다가 『유리성』(p. 95) 에서는 "주제라는 것은 이야기 그 자체이며, 이야기가 의미를 지니고 있느냐 있지 않느냐를 말해주는 것은 이야기의 몫이 아니다"라고 적혀 있다.

어떠한 면에서 만약 고전적인 문학이 하나의 문제 해결책이라고 한다면, 추리소설과 현대 문학은 일반화된 문제들과 불확실성을 드러내는 몫을 맡고 있다는 점에서 공통점을 지닌다.

IV. 구조와 글쓰기

1) 플롯과 서술성

우리가 이미 이 책의 앞부분에서 이 문제에 대해 여러 차례 확인한 것처럼 추리소설은 또한 텍스트의 구성, 허구 그리고 서술에 관한 엄청난 작업으로 특징지어진다. 이것은 독자를 놀라게 해야 한다는 필요성에 기인한다. 이때부터 우리는 그것이 끊임없이 플롯과 이야기 전개 방식을 조작한다는 것을 보다 쉽게 이해할 수 있게 된다: 하나의 미스터리를 중심으로 구성된 이중 구조, 장르 특성상의 역할 조작(조사자, 희생자, 범인, 용의자) 그리고 행위자와 관련된 역할들(주체 sujet, 대상 objet, 주체 보조자 adjuvant, 대립자 opposant, 발신자

destinateur, 수신자destinataire), 화자와 시점과 관련된 변형들의 지속적인 이용, 시간의 흐름에 대한 작업(시대 착오, 플래시백 등)……

이것은 『문채 *Figure III*』에서 관점에 대한 예들을 추출해낸 제라르 주네트Gérard Genette, 츠베탕 토도로프 또는 『*S/Z*』에서 롤랑 바르트 같은 현대의 비평가들 또는 서사학자들에 의해 이 장르가 끊임없이 논의된 이유를 설명한다.

매우 역설적이게도――그러나 이것은 아마 그 중간적인 입장에 기인할 것이다――추리소설은 두 개의 조류 가운데 위치하는 것으로 보인다. 첫번째는 다소 고정된 요소들의 다양한 변형들에 있어 엄격한 규칙들과 끊임없는 재구성을 기반으로 작동되는 사건 수사학적 전통의 조류일 것이다. 이러한 전통은 서구 문학의 기원에서부터 18세기까지 지속되었으며, 서로 동일한 구성 요소들이 표층의 변형들에 종속되는 감정소설 같은 장르들에서 발견된다. 첫번째와 확연하게 대립되는 두번째 조류는 문학적 현대성, 서술적 코드를 위반하고 기존의 모델들을 왜곡하는 실험 문학의 조류일 것이다. 실제로 놀라게 하고, 새로 거듭나게 하기 위해 모든 일련의 작품들――애거사 크리스티의 『로저 애크로이드의 살인』 같은 '고전 작품'이나 1980년 피터스B. Peeters의 『빌레 도서관』 또는 1987년 라후그Lahougue의 『마그리트의 대역』 같은 '현대 작품'――에 있어 추리 장르는 그것에 도움을 청하도록 구조적으로 제약받는다. 이렇듯 이러한 두 가지 조류가 만나는 곳에서 추리소설은 서술성에 대한 실험의 공간이라는 경이로운 모습을 갖게 되는 것이다.

이러한 측면은 그들 중의 몇몇 작가들이 어떻게 현대성(피터스, 라후그 등)을 추구하는 운동 자체의 내부에서 활동하는지를 설명한다. 이것은 또한 '외부적인' 많은 작가들이 추리 장르에 관심을 갖는 이유를 설명한다. 즉 그들은 그곳에서부터 견고한 짜임새들뿐만 아니라 고전적인 소설의 문제삼기 기법들도 추출해내는데, 왜냐하면 추리소설은 그 분야를 전문적으로 다루기 때문이다. 프랑스에서 파트릭 모디아노 Patrick Modiano(1978년 『어두운 상점들의 거리』)와 누보 로망 소설가들이 이러한 경우이다: 1953년 알랭 로브 그리예 Alain Robbe-Grillet의 『고무 지우개』(또한 1955년 『엿보는 사람』 또는 1965년 『만남의 집』), 미셸 뷔토르 Michel Butor의 『시간의 사용』(1956), 더불어 등장인물들 중 한 사람으로 하여금 미스터리한 실책을 고백하게 할 목적의 심문 형식으로 구성된 『심문』(1962) 같은 유의 소설들을 펴낸 클로드 올리에 Claude Ollier, 클로드 시몽 Claude Simon 또는 로베르 팽제 Robert Pinget 등이 있다. 사실 이러한 견고한 짜임새는 우리가 이미 고백한 바이기도 하지만, 비평적인 해체 논리가 읽혀지기 위해, 해체 작업을 파악하기 위한 필요불가결한 조건이다. 소설의 구성은 전통적인 '받침점'들을 상실한 독서를 도와주기 위해 최소한의 일관성을 가지고 있는 것처럼 보여야 한다. 이 작가들이 자신들에게 가장 '견고하다'고 여겨지는 것들을 추리소설 진영의 소설적 줄거리들 속에서 찾아내려고 하는 시도가 이해되는 것이다. 예를 들어 사건 수사국의 왈라스라고 하는 인물이 다니엘 뒤퐁의 죽음에 대한 사건 수사를 진행하다가 실수로 그를 죽이게 되는 이야기인 알랭 로브 그리예의 『고무 지우개』를 어떻게 다르게 읽을 수 있겠는가? 만약 살인자 가프나티가 자기 행위의 결과에 대해 스스로도 황당해하며, 누가 무엇 때문에 살인 청부를 했는지 아무도 정확하게 알지 못하며, 여러 가지 서로 다른 가정을 하는 몇몇의 경찰들이 있으며, 아무도 그 이유를 정확하게 알지 못하는 상황에서 왈라스가 계속 고무 지우개를 구입한다는 점들을 덧붙여 고려한다면, 길잃은 독자가 붙잡고 의지하려고 하는 추리적인 골격의 필요성에 대해 이해하게 될 것이다.

2) 비밀, 말해진 것 그리고 말해지지 않는 것

줄거리에 대한 이러한 작업은 지식, 미스터리, 난해한 코드, 말해진 것 그리고 말해지지 않은 것에 대한 성찰과 불가분의 관계에 있다. 우리는 지식, 미스터리, 그 미스터리의 해결이 지연되는 상황들을 작가들이 서로 다른 방식으로 이용하는 것에 대해 언급했었다. 우리는 그 작업에서 마크 리츠Marc Lits가 잘 보여준 바와 같이 롤랑 바르트가 『S/Z』에서 구축한 것과 같은 난해한 코드와 연결된 모든 기법들 또는 오스발트 뒤크로 Oswald Ducrot가 『말하기와 말하지 않기』에서 분석한 암시되는 것과 전제되는 것의 모든 형식들을 재발견하게 된다. 이러한 관점에서 볼 때 추리소설, 특히 미스터리소설은 하나의 실험실인데, 왜냐하면 그것은 하나의 핵심적인 공백(소설 가운데서 발생한 살인 사건에 대한 의미와 설명의 부재)과 명백해지는 순간을 지연시키면서 그 공백을 채우는 방식으로 구성되기 때문이다. 또한 바로 여기에 실험소설과의 해후점이 있는 것이다.

『문학』지와의 인터뷰에서 알랭 로브 그리예는 어떤 유보적인 입장을 표명하면서도 이러한 사실을 다음과 같이 인정한다:

전통적으로 좋은 소설이라는 것은 다음과 같은 것이다: 무질서하고 무엇인가 엉성한 듯한 작품들을 접하게 되지만 일단 소설이 끝나게 되면 어디에도 모호한 점이라고는 남지 않는다. 다시 말해서 그것은, 추리소설은 각각의 사물이 하나의 '고유한' 의미가 있으며, 말해진 이야기는 의미와 함께 애매하고 변화하며 불확실한 관계들을 유지하는 것이 아니라, 반대로 텍스트가 진행되고 있는 동안에 그 의미가 차츰차츰 확고해져야 한다는 소위 현실적인 이데올로기에 의해 매우 강하게 영향을 받은 소설이라는 것이다. 그런데 내게 관심있는 서술적 구조들은 바로 공백 구조들이다. 그것은 다시 말해서 현실계에 있어 나를 놀라게 하는 것은 텍스트상에 끊임없이 구멍이 뚫리며, 결과적으로 의미는 그 구멍들을 거쳐 통과한다는 것이다.

그것은 추리소설의 어떠한 조류들에 있어서 최종적 명확함과 관련된 사항에 있어서는 옳음과 동시에 두 가지 점에 있어서는 틀리다. 즉 한편으로 의미는 우리가 살펴본 바와 같이 조사 과정에서 점진적으로 '확고'해지지 않으며(게다가 그것은 해답이 폭로되는 것처럼 보여지기 위해서 필요하다), 다른 한편으로는 (미스터리소설들보다 더 '현실적인') 많은 현대의 범죄소설들과 추리소설들(모든 텍스트를 다시 읽도록 독자를 강요하는 『빌레 도서관』 참조)은 명백하고 일의적인 최종적 의미를 제공하지 않는다. 마지막으로 우리가 『고무 지우개』를 통해 살펴본 바와 같이 만약 누락된 것이 있다고 하면 그것을 찾아내고, 최소한의 방식으로라도 그것을 통해 찾아내려고 하는 견고한 구조가 필수적이다.

3) 일반화된 격자 구조화(소설·영화 따위에서 어떤 작품이 그 작품과 동일한 구조·줄거리를 가진 이야기를 그 내용으로 담고 있어 '이야기 속의 이야기' 또는 '영화 속의 영화'와 같은 구조를 갖도록 만드는 것: 옮긴이)
또 다른 관점에서 볼 때 만약 사람들이 소설적이며 비평적인 아방가르드가 최근 수십 년 동안 그것을 지지했듯이, 문학의 특징 중의 하나가 일종의 의사 소통적 자동사성(自動詞性)——문학은 자기 자신에 대해 이야기할 것이며, 문학은 스스로가 목적이 될 것이며(자기 목적주의), 문학은 자기 스스로의 준거가 될 것이며(자기 준거성), 문학은 자기 작품들의 내부에서 연출을 하게 될 것이다(격자 구조화)——에 존재한다면 우리는 그러한 입장에서 아마 추리소설과 일치되는 또 다른 점을 발견할 수 있을 것이다.

이것은 무엇보다도 추리소설이 자신의 규칙과 한계에 대해 작업을 수행하며, 변형들을 개발하고, 그 변형들에 대한 회의 의식을 갖는 작업을 끊임없이 진행시키기 때문이다. 추리소설은 끊임없이 새로운 운동을 시작하며 자신의 '깊은 구조'에 대해 비평을 가한다. 게다가 우리 아이젠츠바이크(『불가능한 이야기』, pp. 170~71)가 매우 적절하게 지적한 바와 같이 추리소설은 구조적인 필요성에 의해 모든 일반적 텍스트 상호성을 다시 움직이고 비평-이동시키게끔 된다:

이것은 다시 말해 작가와 독자간에 묵시적으로 체결되는 추리소설의 독서 계약 원칙에 따르면, 소설가의 가장 중요한 임무란 바로 독자들을 놀라게 하는 것이다. 놀라게 한다는 것은, 말하자면 독자들의 예상(가정)을 부인하는 것이다. 말하자면 그것은 특히 옛부터 내려오는 반복되는 문제에 대한 독창적이고 유일한 서술 해법을 찾아내는 것이다. 결국 일정한 숫자의 살인을 하는 동기들과 방식들을 몇 가지로 압축할 수 있다는 것이다. 다시 말해서 사건 수사의 이야기는 그 정의상, 다른 탐정 이야기들의 이미 승인된 '놀램'과 비교해서 격차, 비문법성, 비정상이 존재한다는 것에 근거한다. [······] 따라서 작가와 독자간에 추리소설 독서의 계약은 텍스트 상호적인 틀에서만 작동할 수 있는데, 왜냐하면 놀라움이라는 것은 이미 당연하게 형성되어 있는 기대 수준과의 비교하에서만 의미가 있는 것이기 때문이다.

여기에 바로 어떤 면에서 아무런 의심의 여지없이 어느 장르도 피할 수 없지만, 아마 그 중에서도 특히 추리소설이 만들어내는 자기 목적주의의 기본 수준이 있는 것이다.

이차적인 수준에서, 그리고 우리들이 다양한 방식으로 단서들과 속임수들과 더불어 살펴본 바와 같이 추리소설, 특히 미스터리소설은 그 문자적인 속성을 쉼없이 강조하면서 문학성 자체에 지속적으로 주의를 환기시킨다. 독자는 해답을 발견하기 위해서 텍스트 내에 분산되어 있는 단서들에 주의를 기울여야 하며, '대강대강' 줄거리를 '훑는' 것에 만족해서는 안 된다. 가장 정교한 소설들에 있어서 이 단서들은 실수들, 암시들, 텍스트적 병행론, 시니피앙의 게임들에 스며들 수 있다.

이것은 자기 목적주의라는 핵심적인 세번째의 수준으로 우리를 인도한다. 추리소설은 독서와 글쓰기의 메커니즘을 끊임없이 격자화시킨다. 이것은 또한 독자의 자기 목적주의인데, 왜냐하면 탐정이라는 것은 결국 가장 미세한 단서들과 가장 은밀한 징후들을 통해서 단편적이며 일부가 훼손된 텍스트의 진짜 의미를 재구성하기 위한 특별히 재능 있는 독자에 다름아니기 때문이다. 다시 한번 독자의 자기 목적주의인데, 왜냐하면 추리소설은 어떤 다른 장르보다 해석적 망상, 내부적 주석들 그리고 다원적 독서들이 가능한 장르이기 때문이다. 즉 범인 또는 작가가 강요하고자 하는 해석, 서로 다른 인물들과 조사자들이 부여하는 해석들, 독자가 감히 내리는 해석들이 모두 가능한 것이다. 그것은 또한 글쓰기를 격자화시킨다. 이러한 현상은 아마 글쓰기 작업을 연출하며, 씌어지는 소설들에 대한 소설을 쓰며, 의미를 추구하는 글쓰기를 보여주는 현대 소설과 나누어 갖는 본질적인 공통점들 중의 하나일 것이다. 이렇듯 추리소설에서 범인은 탐정을 혼동시키기 위해 자기 이야기를 삭제된 방식으로 기술한다(작가도 마찬가지 방식으로 기술하며, 화자도 가끔 그럴 때가 있다). 탐정은 독자처럼 멋진 텍스트, '삭제된 부분'을 재기술하려고 노력하는 데 의미를 찾으려 애쓰는 이러한 글쓰기는 삭제 표시들, 망설임, 재기술들을 마지막 부분까지 드러내며 여기에서 결국 때때로 진정한 이야기가 써지는 것이다.

따라서 자기 목적주의와 격자 구조화에 연결된 이러한 모든 방식들을 살펴볼 때 이것은 소설적 현대성과의 수렴점과 관련된 것이다. 그러나 그것을 과대 평가해서는 안 될 것이다. 다시 말해서 어떤 소설들은 일차적인 의미 수준에서 뛰어난 독창성 없는 상태로 머물며, 다른 것들은 유희적인 방식으로 그 작업을 행한다(패러디와 모방 작품들 참조). 제한된 숫자의 추리소설들이 소설적 아방가르드의 시각과 입장에 가까운 차원에서 이 작업을 수행한다. 그러나 결국 우리는 또한 일반적인 문학과 '비추리적인' 소설에서도 이러한 다양성을 확인하게 된다.

V. 잠정적 결론을 내리기 위하여

추리소설과 문학 사이의 이러한 관계들을 잠정적으로 결론짓기 위해서 우리는 전통적인 관점에서 추리소설은 아마 귀족 작위 수여증들을 획득했다고 기꺼이 말할 수 있을 것이다. 그 다양성, 그 구성 요소들의 복합성, '위대한' 텍스트들, 구조, 허구, 서술, 글쓰기 등에 대한 그 연구들, 소설적인 현대성과의 만남과 상호 작용에 의해서 말이다.

보다 이론적인 또 다른 관점에서 볼 때, 우리는 다른 어느 장르보다도 추리소설은 이미 형성된 이분법들(예를 들어 '문학 대 부차 문학')과 경직된 분류학에 대한 질문을 던진다고 생각한다. 많은 텍스트들의 지위, 추리소설과 현대소설간의 교류, 작가들간의 관계, 상상계의 연출, 형식에 대한 연구들이 그것을 입증한다.

따라서 우리는 이론가와 작가에게 그 문제에 대해 기술하는 역할을 양보할 것이다. 첫번째는 '경계가 되는 장르와 그 한계들의 경험'(『문학 연구』, 20 p. 73)에서 이러한 복잡한 관계들을 잘 파악한 자크 뒤부아인데, 그는 "추리 장르가 문학 생산에 있어 커다란 두 분야의 경계에 위치한 한계 장르 또는 교류적 장르인 이유는, 이 장르가 자신의 한계를 끊임없이 조작하기 때문이다"라고 말하고 있다.

두번째는 레이몬드 챈들러로서 '미스터리소설에 대한 몇 가지 언급들'(『서간문』, 1949)에서 다음과 같이 말했다: "추리소설은 다른 어떤 형식의 허구보다 더 많은 나쁜 문학을 제공했으며, 아마 그만큼 일반적으로 받아들여지고 인정되는 다른 형식보다는 더 많은 좋은 문학을 제공했다."

결론

  글을 마치면서 우리는 이 책이 추리소설이라는 장르에 대한 소개라는 것을 다시 한번 강조하고자 한다. 우리는 세 개의 세부 장르(미스터리소설, 범죄소설, 서스펜스소설)를 가진 하나의 모델을 도입했는데, 이것이 허용된다고 할지라도 이모델은 매우 조심스럽게 다루어져야 한다. 모든 모델화는 그필요성에 의해서 훨씬 복잡한 현실을 도식화시키고 왜곡시키는데, 실제로 현실 속에는 애매모호한 경우들과 반대되는예들이 무수하다. 우리가 채택한 이 모델은 단지 새로운 것을 드러내는 데 도움을 주는 역할을 할 뿐이다. 다시 말해서기준들을 검증하거나 유효화시키거나 혹은 무효화시키기 위해서 그 기준들을 객체화시키면서 현실을 재구성하는 것을목적으로 하는 수단인 것이다. 때문에 그 기준들 사이에 존재하는 복합적인 관계들을 고려하면서 이 모델을 이용해야한다. 즉 이 기준들 중 어떠한 것도 분리되어 작동하지는 않으며, 하나의 하부 장르를 설명하기에는 불충분하다.

어쨌든 이 모델은 첫번째 질문을 촉발시키도록 유도한다. 우리 생각으로는 이 세 종류의 '가지들'이 항상 추리소설이라고 불리는 '통합된' 전체를 구성했고, 구성할 것이라는 것은 전혀 확실치 않다. 첫째 미스터리의 전통, 둘째 모험의 전통, 그리고 셋째는 번민과 공포의 전통이다. 갖가지 양상들을 내보이는 이 장르는 사실 별개의 효과들을 지닌 구조들의 일시적이며 불안정스러운 결합으로 보인다. 현재까지의 문학사적으로는 이러한 이질적인 조류들이 연결되어 있지만 앞으로 이 장르가 깨어지지 않을 것이라는 보장은 없다.

그리고 추리 장르에 대한 이러한 개괄적인 설명을 통해 실제로 확인할 수 있는 것은 그 장르를 구성하는 윤곽과 경계들이 인위적이며 끊임없이 동요한다는 것이다. 우선 하부 장르들 사이에서 '심농 또는 자프리조와 같은 작가들의 작품은 최종적으로 어디에 분류시켜야 하는가?'라는 문제가 제기된다. 이어서 추리소설과 다른 장르들 사이에서 '극도의 공포와 괴기에 가까운 킹의 작품은 어디에 분류시켜야 하는가?' 마지막으로 추리소설과 문학 사이에서 심농, 오스터, 페나크 등의 작품들은 어디에 분류시켜야 하는가?

그것을 어떻게 설명할 것인가? 장르들과 문학(특히 그것들을 대상화하고 절대적인 방식으로 분리시키려 한다면)을 본격적으로 정의하는 것이 어렵다는 이유로, 텍스트의 구성을 보다 더 잘 밝혀내기 위해 우리가 여전히 이루어내야 할 이론적인 진보를 이유로, 아니면 이론들과 현실 사이의 괴리를 이유로? 아마 그럴 것이다. 그러나 이 문제는 또한 (책이 '추리소설처럼' 읽힌다는 것을 말하기 위해 사람들이 끊임없이 사용케 하는) 추리소설의 마력, 우리가 오랫동안 분석한 그 중간적인 지위, 그 다양성, 그 변형들 그리고 끊임없는 그 변신 등의 현상과 같이 추리소설 자체가 지닌 것이기도 하다.

그것은 결국 이 장르가 엄연하게 살아 움직이는 장르라는 것을 확인하게끔 해주는 모든 것 때문에 생기는 문제들인 것이다.

옮긴이의 말

많은 독자들이 밤을 새워가며 추리소설을 읽던 기억이 있으리라 생각한다. 손에 땀을 쥐게 하고 우리를 긴장시키지만 책을 손에서 떼지 못하게 하는 추리소설의 마력은 어디에서 나오는 것일까? 성경이나 신화는 왜 이런 긴장감을 제공하지 못하는 것일까? 그 이유는 첫째, 성경이나 신화 속의 상황은 비현실적인 경우가 많은 반면, 추리소설은 가장 현실적인 상황을 배경으로 이야기를 전개시킨다는 것이다. 다시 말해 '내게도 항상 일어날 수 있는 일'인 것이며, 이는 소설 속의 어느 인물과 독자 사이에 '동일시' 현상을 촉발시킨다. 둘째, 성경이나 신화 속에서는 가해자와 피해자가 직접적인 관계를 갖는 반면, 추리 장르에서는 사건 수사 또는 해결을 위해 (법과 제도의 산물이라 할 수 있는) 경찰·형사·탐정·변호사 또는 측근 인사 등 여러 인물들이 개입하게 되어 게임의 규칙이 보다 세련되고 흥미롭게 설정되어 있다는 것이다. 이 두 가지 이유로 독자의 입장에서는 자신이 소설 속의 인물이 되어 흥미로운 게임에 참가하게 된다. 긴장이 보장되는 셈이다.

저자는 1, 2장에서 추리소설의 기원과 역사를 설명하고 있다. 추리소설의 기원은 저자의 말대로 성경까지 거슬러올라갈 수도 있다. 적절한 추리 장르적 요소를 갖춘 이야기 전개가 없었다는 것뿐이지 범죄라는 것 혹은 일탈 행위라는 것은 인류의 역사와 더불어 공존해온 것이 사실인데 성경을 비롯한 여러 신화, 그리고 많은 이야기들 속에는 음모와 배신, 살인의 장면들이 가득하기 때문이다. 그러나 오늘날 우리가 만나고 있는 추리 장르의 직접적인 효시는 19세기 중엽의 영국과 유럽 각국, 그리고 1차 세계 대전을 전후한 미국의 추리 장르에서 살펴보는 것이 적절할 것이다. 결국 현대적 의미의 추리소설은 산업화된 자본주의 사회가 자리를 잡아 분업화가 급속히 진행되고, 그에 따라 사회 질서 유지를 위한 여러 법률·제도 들이 생겨남으로써 이 과정에서 소외되거나 일탈 행위를 하게 되는 인간들의 이야기라고 할 수 있다.

저자는 추리 장르를 범죄소설·미스터리소설·서스펜스소설이라는 세 개의 하위 카테고리로 분류하고 있는데, 자신도 인정하고 있듯이 이러한 종류의 분류 작업에 있어서는 카테고리에 포함되는 (또는 포함되지 않는) 작가와 작품들을 둘러싼 논란들을 포함해 여러 가지 한계와 문제점이 따르게 마련이다. 그러나 시도라는 입장에서 결정적이라기보다는 앞으로의 보다 진지한 논의를 위한 제안이라고 해야 할 듯싶다.

마지막으로 저자는 문학과 추리소설의 상호 관계를 분석함으로써 문학에서 추리소설이 차지하는 위치를 보다 정확하게 바라볼 수 있는 계기를 제공하고 있다. 더불어 이 책 전체에 걸쳐 인용되고 있는 많은 작가와 작품들에 대한 설명은 추리소설에 관심 있는 독자들에게 좋은 자료가 될 것으로 확신한다. 국내에서도 추리 장르라는 것이 '흥미 유발을 주무기로 하는 장면들'로 가득 찬 소수 작가들과 독자들의 관심거리라는 이미지를 탈피하여 범죄 행위와 심리의 분석을 통해 인간과 사회를 진지하게 이해하는 수단으로 인식되기를 기대해본다.

작가 색인

작품 색인

추천 참고 문헌

1. 추리소설의 역사와 선사

BENVENUTI Stefano, RIZZONI Gianni et LEBRUN Michel, *Le Roman criminel. Histoire, auteurs, personnages* (1979), Nantes: L'Atalante, 1982.

BONNIOT Roger, *Émile Gaboriau ou la Naissance du roman policier*, Paris: Vrin, 1985.

COLIN Jean-Paul, *Le Roman policier français archaïque*, Berne: Peter Lang, 1984.

FOSCA François, *Histoire et technique du roman policier*, Paris: éd. de la Nouvelle Revue critique, 1937.

QUEFFELEC Lise, *Le Roman-Feuilleton français au XIXe siècle*, Paris: PUF, coll. "Que sais-je?," 1989.

VAREILLE Jean-Claude, *Filatures. Itinéraire à travers les cycles de Lupin et de Rouletabille*, Grenoble: PUG, 1980; *L'Homme masqué, le Justicier et le Détective*, Lyon: PUL, 1989.

2. 추리소설의 세 하부 장르들에 대한 참고 문헌

AMEY Jean-Claude, *Jurifiction. Roman policier et rapport juridique*, Paris: L'Harmattan, 1994.

L'Ane, Le magazine freudien, n° 14, "Le roman policier," janvier-février 1984.

BLANC Jean-Noël, *Polarville. Images de la ville dans le roman policier*, Lyon: PUL, 1991.

BOILEAU-NARCEJAC, *Le Roman policier*, Paris: PUF, coll. "Que sais-je?," 1975; *Le Roman policier*, Paris: Payot, 1964; *Tandem ou 35 ans de suspense*, Paris: Denoël, 1986.

Caliban, n° XXIII, "Le roman policier anglo-saxon," Université de Toulouse-Le Mirail, 1986.

CAILLOIS Roger, "Le roman policier," dans *Puissances du roman*, Paris: Le Sagittaire, 1942; repris dans *Approches de l'imaginaire*, Paris: Gallimard, 1974.

COLIN Jean-Paul, *Crimologies*, Frasne Saint-Imier, Canevas Éditeur, 1995.

COMBES Annie: *Agatha Christie. L'écriture du crime*, Paris: Les Impressions nouvelles, 1989.

DUBOIS Jacques, *Le Roman policier ou la modernité*, Paris: Nathan, 1992.

EISENZWEIG Uri, *Le Récit impossible*, Paris : Christian Bourgois, 1986.

Europe, n° 571-572, "La fiction policière," novembre-décembre 1976.

Europe, n° 664-665, "Le roman noir américain," août-septembre 1984.

HIGHSMITH Patricia, *L'Art du suspense. Mode d'emploi*, Paris : Calmann-Lévy, 1987.

LACASSIN Francis, *Mythologie du roman policier*, Paris : UGE, coll. "10/18," 1974, 2 tomes.

LACOMBE Alain, *Le Roman noir américain*, Paris : UGE, coll. "10/18," 1975.

Littérature, n° 49, "Le roman policier," février 1983.

LITS Marc, *Pour lire le roman policier*, Bruxelles-Paris-Gembloux, De BœckWesmael-Duculot, 1989.

MANDEL Ernest, *Meurtres exquis. Histoire sociale du roman policier*, Montreuil PEC La Brêche, 1986.

MARTENS Michel, *Underwood U.S.A., Ballade sur les touches du roman noir américain*, Paris : Balland, 1980.

Modernités n° 2, "Criminels et policiers," Nantes, 1988.

NARCEJAC Thomas, *Une machine à lire: le roman policier*, Paris : Denoël/Gonthier, 1975.

PANEK Leroy Lad, *British Mystery. Histoire du roman policier classique anglais* (1979), Amiens: Encrage Edition, 1990.

REUTER Yves, "Eléments pour une typologie des romans policiers," *Tapis-Franc* n° 2, hiver 1989.

REUTER Yves, éd, *Le Roman policier et ses personnages*, Saint-Denis: Presses universitaires de Vincennes, 1989.

Revue de l'Institut de sociologie, "Récit policier et construction du social," Bruxelles, 3-4, 1989.

Roman n° 24, "Poétique du polar," Paris, 1988.

SCHWEIGHAUSER Jean-Paul, *Le Roman noir français*, Paris: PUF, coll. "Que sais-je?," 1984.

TODOROV Tzvetan, "Typologie du roman policier," dans *Poétique de la prose*, Paris: Seuil, 1971.

VANONCINI André, *Le Roman policier*, Paris, PUF: coll. "Que sais-je?," 1993.

3. 기타 참고 문헌

BAUDOU Jacques et SCHLÉRET Jean-Jacques, *Les Métamorphoses de la Chouette*, Paris: Futuropolis, 1986. Inventaire des auteurs et des œuvres publiés dans les collections "Détective Club" "La Chouette" et "J'ai Lu Policier," avec une filmographie.

BAUDOU Jacques et SCHLÉRET Jean-Jacques, *Le Vrai Visage du masque*, Paris: Futuropolis, vol. 1, 1984; vol. 2, 1985. Inventaire des auteurs et des œuvres publiés à la Librairie des Champs-Elysées et suivis d'une filmographie.

BRETON Jacques, *Les Collections policières en France*, Paris: éd. du Cercle de la Librairie, 1992. Synthèse remarquable sur l'édition du roman policier en France.

DELEUSE Robert, *Les Maîtres du roman policier*, Paris: Bordas, 1991. Recueil très précieux de fiches sur les auteurs et d'analyses critiques.

EISENZWEIG Uri(éd.), *Autopsies du roman policier*, Paris: UGE, coll. "10/18," 1983. Recueil d'analyses d'auteurs célèbres.

LEBRUN Michel, *L'Almanach du crime 1980*, Paris: Guenaud-Polar, 1978; *L'Almanach du crime 1981*, Paris: Veyrier-Polar, 1980; *L'Almanach du crime 1982*, Paris: Veyrier-Polar, 1981; *L'Almanach du crime 1983*, Paris: éditions de la Butte-aux-Cailles, 1982; *L'Almanach du crime 1984*, Paris: éditions de la Butte-aux-Cailles, 1983; *L'Année du polar 1984*, Paris: Ramsay, 1984; *L'Année du polar 1985*, Paris: Ramsay, 1985; *L'Année du polar 1986*, Paris: Ramsay, 1986; *L'Année du polar 1987*, Paris: Ramsay, 1987. Une excellente série, remplie d'humour, comprenant des notices sur les romans policiers sortis dans l'année et d'autres sur différents thèmes du "polar."

LEBRUN Michel et SCHWEIGHAEUSER J. P., *Le Guide du polar*, Paris: Syros, 1987. Ouvrage consacré à l'histoire du roman policier français.

MESPLÈDE Claude et SCHLÉRET Jean-Jacques, *SN Voyage au bout de la Noire*, Paris: Futuropolis, 1982; *SN Voyage au bout de la Noire, mise à jour 1982~1985*, Paris: Futuropolis, 1985. Inventaires des auteurs et des œuvres publiés en "Série noire" et en "Série blême" avec une filmographie.

MESPLÈDE Claude, *Les années "Série noire," vol. 1, 1945~1959*, Amiens: Encrage Édition, 1992; vol. 2, *1959~1966*, 1996; vol. 3, *1966~1972*, 1994. Notices sur les œuvres publiées en "Série noire."

Mystery Writers of America, *Polar: mode d'emploi. Manuel d'écriture criminelle*(1956), 2 tomes, Amiens: Encrage Édition, 1989 et 1990. Recueil d'articles d'écrivains sur leur façon d'écrire.

PÉRISSET Maurice, *Panorama du polar français contemporain*, Paris: éd. de l'Instant, 1986. De nombreuses notices sur les écrivains français contemporains.

RECATALA Denis Fernandez, *Le Polar*, Paris: M. A. Éditions, 1986.

Ouvrage d'introduction avec nombre de notices sur les
auteurs.

SADOUL Jacques, *Anthologie de la littérature policière de Conan
Doyle à Jérôme Charyn*, Paris: Ramsay, 1980. Très belle
anthologie, introduction au genre.

SPEHNER Norbert et ALLARD Yvon, *Écrits sur le roman policier*,
Québec: Les éditions du Préambule, 1990. Bibliographie
analytique et critique des études et essais sur le roman et le
film policiers.

Il existe aussi, depuis 1984, une bibliothèque-la BILIPO-consacrée
aux littératures policières: 48-50, rue du Cardinal-Lemoine,
75005 Paris. En Belgique, près de Liège, existe une autre
remarquable bibliothèque consacrée aux paralittératures:
Au Passou n° 40, 4600 Chaudfontaine.

4. 추리소설과 습작의 학습-교수법

DAENINCKX Didier, "Entretien avec Didier Daeninckx"(effectué
par Y. Reuter sur l'écriture des dialogues), *Pratiques*, n° 65,
"Dialogues de romans," mars 1990.

DENAUW Patrick, "Écrire un roman policier: des stratégies de
lecture," *Recherches*, n° 23, "Écrire d'abord," 1995-2.

HALTÉ Jean-François, MICHEL Raymond, PETITJEAN André,

"L'aiguille creuse. L'enjeu idéologique d'un roman policier," *Pratiques*, n° 11/12, *Récit (1)*, novembre 1976.

LECLAIRE-HALTÉ Anne, "'Élémentaire, mon cher Watson!' Explicatif et narratif dans le roman policier," *Pratiques*, n° 58, "Les discours explicatifs," juin 1988.

LITS Marc, *L'Énigme criminelle*, Bruxelles: Didier-Hatier, 1991.

MASSERON Caroline, "Écrire des récits d'énigme criminelle," *Pratiques*, n° 83, "Écrire des récits," septembre 1994.

REUTER Yves, "Le suspense: les lois d'un genre," *Pratiques*, n° 54, "Les mauvais genres," juin 1987.

SCHNEDECKER Catherine, "Comment reconnaître un policier?," *Pratiques*, n° 62, "Classer les textes," juin 1989.

VERNET Catherine, "La littérature policière de jeunesse: caractéristiques des genres et propositions didactiques," *Pratiques*, n° 88, "La littérature de jeunesse au collège."

VINSON Marie-Christine, "Écrire un texte de suspense," *Pratiques*, n° 54, "Les mauvais genres," juin 1987.

문지스펙트럼